知否知否
应是
人间清照

为你读诗
主编

湘人彭二
著

符殊
绘

邱邱
朗诵

湖南文艺出版社
HUNAN LITERATURE AND ART PUBLISHING HOUSE
博集天卷
CS-BOOKY

·长沙·

序

有美一人，女性如何独立

从"剩女"到"女强人",从"大女主"到"她力量",在性别平等的道路上,关于女性的讨论从未停止。而每一个话题的流行,总能引发社会广泛的讨论。

越来越多人认可和推崇的"独立女性"到底有何魅力?是不依赖任何人而独自获取生活所需的物质资料,还是摆脱"第二性"的束缚而活出真正的自我?

我想起了李清照,一个生活在北宋和南宋过渡阶段的女词人、女作家。纵观中国古代史,这个几乎是唯一凭借个人作品在文学史上取得经典地位的女性,在历史长河深处闪耀着令人难以忽视的光芒,也对帮助我们理解如今的女性处境有着重要意义。

哀婉温柔,怕是世人对李清照的片面认识乃至深重误解。她在那个男性占据文化主导地位,社会还普遍以"女

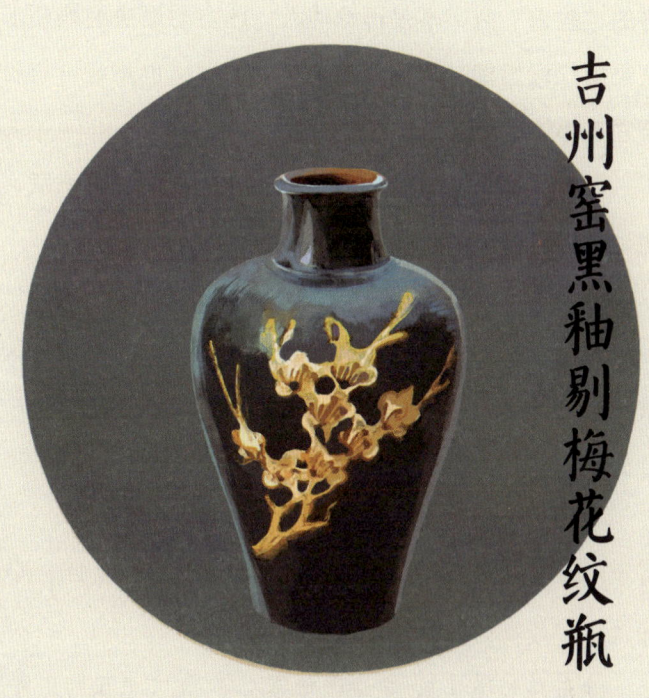

吉州窑黑釉剔梅花纹瓶

子无才便是德"为价值取向的时代,便让自己的名字横空出世、高高飘扬于文坛;她在许多女子还恪守从一而终的"教诲"时,不仅再嫁他人,还主动而决绝地要求结束第二段婚姻,哪怕面临入狱的刑罚,也不肯再与驵侩之人为伴……

性别于她而言,并不是退让的理由。无论诗词歌赋,还是文史知识、胸襟抱负,她都能与男性一较高下。

无高堂庇护,无良人陪伴,无子女承欢,又恰逢国家战乱而流落他乡后,已经步入晚年的李清照曾写下一首词:

天接云涛连晓雾,星河欲转千帆舞。仿佛梦魂归帝所,闻天语,殷勤问我归何处。

我报路长嗟日暮,学诗谩有惊人句。九万里风鹏正举,风休住,蓬舟吹取三山去。

"殷勤问我归何处。"有人解读这首《渔家傲·记梦》时,认为李清照是在渴望爱情。因为在世俗的观念中,女性的归宿永远指向婚姻。在许多人的印象里,李清照也总是一副寂然独坐空闺、翘首等待夫婿的形象。

但真是这样吗?

在李清照写的很多词里,她总会问自己一个问题(在《渔家傲·记梦》里,她是借助天帝来问):我身在何处,要去何处?这个问题,恐怕无数男性也都在问自己。

李清照并未局限于狭隘的情爱,她要表达的是人类共同的生存母题:生与死,存在与意义,满足与匮乏。她以个人经历映射人类普遍的生存境况:当我回首前尘往事,在追寻人生价值的过程中,我到底有何收获,有何成就?这就是无论男女老少、士农工商,只要不戴着有色眼镜,就都能对李清照的这首词产生强烈共鸣的原因。

对李清照等女性的解读和讨论,不仅事关女性,也事关男性。如果当今的男性依旧忽略或无视李清照身怀家国情义、伟大抱负的一面,那他就仍然保留着不肯将女性视为平等主体的思想观念。如此,非但女性追求性别平等的道路尚没有尽头,有关男性解放的道路也将永

无止境。

美国作家南希·史密斯在一首名叫《只要有一个女人》的诗里说:"只要有一个女人向自身的解放迈进一步,定有一个男人发现自己也更接近自由之路。"

独立女性的形象不是也不应该是刻板的,我们虽然将李清照视作样本来参考,但样本并非唯一的,她有自己独特而鲜活的个人属性。

"为你读诗"的李清照篇,即这本书《知否知否应是人间清照》,将通过八个章节,从士族文化、胜负心、酒与茶、花与美、身心灵、婚恋观、写作、沉默八个侧面对李清照进行解读,看看她究竟在多大程度上改变了我们对女性的刻板印象,以及梳理出至今还残存在人们(不论男性还是女性)脑海里的那些根深蒂固的性别偏见。

独立的女性,需要独立的人格、独立的精神。李清照因天造地设的环境,一出生就与众不同。

是盛世的北宋、山东孔孟之乡的崇文重教和士族家庭的良好教育等,造就了李清照。因此,我们在第一章为大家带来"士族文化：如何造就一个李清照"。

李清照有一颗强悍的心。她与丈夫争胜，与文坛争胜，与时代和命运争胜。相比于南宋朝廷苟且偷安于临安，她喊出了"至今思项羽，不肯过江东"的时代最强音。而在女人仅有的狭窄空间里，李清照单枪匹马，闯出了自己的一片天地。哪怕肉身已逝，她独立的灵魂仍高高飘扬，"风休住，蓬舟吹取三山去"。因此，我们在第二章里聊聊李清照的胜负心。

在中国古代，文人雅士常常会与酒结下不解之缘，李清照也不例外，她笔下之"酒"的韵味不比任何男性的逊色。在《如梦令·昨夜雨疏风骤》里，她轻吟："昨夜雨疏风骤，浓睡不消残酒。"在《凤凰台上忆吹箫·香冷金猊》中，她自白："新来瘦，非干病酒，不是悲秋。"

"酒"已成为理解李清照诗词的重要窗口，酒是她的爱物，也是她的愁容。于是，在第三章，我们聊聊李清照和酒的关系。

青白釉刻蓮瓣紋執壺、溫碗

像任何一个爱美的女子一样，李清照爱美，也爱花，尤其爱梅花。她写下了很多吟咏梅花的词，从中我们不难窥探她对梅花的深情。

比如"雪里已知春信至，寒梅点缀琼枝腻"，再比如"玉瘦香浓，檀深雪散。今年恨、探梅又晚"……梅花，伴随了李清照的一生。第四章里，我们将为大家带来"花伴一生：年年雪里，常插梅花醉"。

在李清照之前，有大量描写女性的作品，但几乎都是由男性所书写的，他们从旁观看或者将自己假托为女性，代为表达。但真实的女性的声音，其实很难进入诗词而被看到、听见。女性的身体更是历来难以摆脱被观看、被审视、被幻想的情境，直至李清照跻身而上，开创了女性自身描写其身体的先河。比如她敏感于自己身体的变化，写下"如今憔悴，风鬟霜鬓，怕见夜间出去。不如向、帘儿底下，听人笑语"。在李清照之前，这般由衰老女性发出的声音难得在诗词中出现。因此第五章，我们依附李清照聊一聊"女性的身体：从男性书写，到女性自我表达"。

　　李清照的一生，反映了宋朝女性在结婚、守寡、再婚和离异中的处境。而后世人对李清照的评价也如一面镜子，映照出后世人所处时代的爱情和婚姻的状况。爱情，以及爱情的永逝，激发李清照写出了许多高质量的诗词。于其情感而言，这是不幸；于其创作而言，却是幸运。在第六章，我们想聊聊李清照的爱情和婚姻。通过对她的解读，我们也许能够明白，我们对女性与爱情、婚姻的认识是前进了，还是停滞了。

　　李清照的重要，不仅在于她一生亲历了那么多磨难，更在于她用独一无二的文字写下了自己的经历和感受。而她的经历和感受，又反映了一个时代的风云，这迥异于其他同时代的女性文学，甚至在男性占主导地位的文学史中，也有着独特的意义。李清照留存下来的文字不多，不过仅仅这些，也足以光照文坛，千古不朽。第七章，就让我们走入李清照的写作生活："我写，故我在。"

　　李清照的故事是写不完的，正如女性的故事是写不完的，因为她们还有藏起来不曾诉说的部分。虽然李清照一直没停止过写作，但在面对巨大的外来压力时，她经常沉默,感受语言的苍白和无力。"生怕离怀别苦,多少事、欲说还休。"说了,有人理解她吗?说了,能够解决问题吗?沉默像一块石头压在李清照的胸口。在人生这永远的流放地,她到底想说什么,想表达什么?在最后一章中,我们试图再一次去倾听她,理解她的沉默:"多少事,欲说还休。"

　　李清照不曾恪守闺门礼教,不曾迎合世俗对女性写作的要求;有人喜欢她,也有人批评她;有人热爱她的诗词,也有人不赞同她的生活。这样一个独特的女性人物只身挑战当时以男性为主导的精英文化,并最终被承认,实在值得我们所有人细细品味。

　　"独立"所指,在经济、在物质,更在人格、在思想。

　　我们以这本《知否知否应是人间清照》来向所有有独立思想的人致敬。另外,我们还将集中品鉴近30首(篇)李清照流传千古的诗、词、文章,并邀请邱邱来朗读。

　　让我们和李清照一起,在自由和解放的路上继续前行。

第五章 **女性的身体**：从男性书写，到女性自我表达 ……一三七

第六章 **爱情和婚姻**：此情无计可消除 ……一六七

第七章 **写作**：我写，故我在 ……一八五

第八章 **沉默**：多少事，欲说还休 ……二〇九

目录

第一章 士族文化：如何造就一个李清照 ……001

第二章 胜负心：至今思项羽，不肯过江东 ……027

第三章 酒与茶：是爱物，也是愁容 ……055

第四章 花伴一生：年年雪里，常插梅花醉 ……091

为你
读诗

THE POEM FOR YOU

第一章 士族文化：如何造就一个李清照

是什么造就了李清照?

——一个自由的环境。没有缠足,没有"大门不出,二门不迈"。李清照时常像一个男孩子一样出去游玩,在湖光山色中饮酒饮到沉醉,当划着船回家时,她迷失了方向:

常记溪亭日暮,沉醉不知归路。
兴尽晚回舟,误入藕花深处。
争渡,争渡,惊起一滩鸥鹭。[1]

——士族家庭的良好教育。李清照的外祖父王珪[2]做过宰相;父亲李格非是当时著名的学者和散文家,深得苏轼赏识,是"苏门后四学士"[3]之一;继母出身于官宦人家，也颇有文学才能，在《宋史》[4]有关李格非的人物传记里，还专门提到她："妻王氏，拱辰孙女，亦善文。"王拱辰[5]是宋朝的名流，是当时最年轻的状元。家庭浓厚的书香氛围，对李清照的一生影响巨大。

——盛世的北宋、山东孔孟之乡的崇文重教、家庭的爱和包容、爱情的滋养……共同成就了李清照。但这些，还不足以完全成就李清照。

李清照曾长期生活在痛苦和屈辱里。

她背负家庭的屈辱。和赵明诚结婚后第二年，党争加剧，她的父亲李格非和她的公公赵挺之[6]成了政敌。父亲成了人人唯恐避之不及的"元祐党人"[7]，被打倒、丢官。而公公一路高升，大权在握，坚定地站在朝廷和皇帝一边，打压"元祐党人"。

李清照需要在两者中做出选择。她献诗给赵挺之，"炙手可热心可寒""何况人间父子情"[8]。她试图以情动人，救援父亲，但没有用。她只能跟随父母，回了济南老家。

她背负丈夫的屈辱。当金兵南下，赵明诚被任命为江宁知府，主持救亡大局。一次城内叛乱，僚属去找赵

龙泉粉青釉纸槌瓶

明诚汇报，赵明诚却用绳子将自己从城楼放下，趁着夜色逃跑了。所幸，士兵很快平息了叛乱，而赵明诚因为失职被罢官了。丈夫的行为，在志存高远的李清照心里很难不留下浓厚的阴影。

她也背负自己的屈辱。丈夫赵明诚死后，她在辗转流离中接受了张汝舟的求婚。李清照以为自己能收获一个安宁的家，然而，张汝舟只贪图她的钱财，甚至殴打她、攻击她。她不得不鱼死网破，和他离婚。她的再婚、她的离异，使得舆论哗然。这个曾经的山东高门大族的士族女儿落得如此境地，被人当成一个笑话。在当时人留下的著作里，我们还能看到他们对李清照再嫁的恶评："传者无不笑之""晚节流荡无依"。

这么多的屈辱，让李清照感到窒息。她有一首词，叫《永遇乐·元宵》[9]：

落日熔金，暮云合璧，人在何处？染柳烟浓，吹梅笛怨，春意知几许？元宵佳节，融和天气，次第岂无风雨？来相召、香车宝马，谢他酒朋诗侣。

中州盛日，闺门多暇，记得偏重三五。铺翠冠儿，捻金雪柳，簇带争济楚。如今憔悴，风鬟霜鬓，怕见夜间出去。不如向、帘儿底下，听人笑语。

也许，李清照不仅仅是因为年老色衰而不出去，更是因为屈辱。同样，在李清照家门外，一整个时代也都浸泡在屈辱里。

但李清照还是那个李清照。

当十七岁的李清照看到父亲的友人张文潜[10]写了一首《读中兴颂碑》[11]，其中写"玉环妖血无人扫，渔阳马厌长安草"，寓意红颜祸水、女色亡国时，她不能赞同。唐朝的灭亡本是君王将相的责任，岂能把罪责归咎于一个无权无职的女子？她和了两首诗《浯溪中兴颂诗和张文潜二首》[12]，辛辣地讽刺那些一味歌颂大唐中兴，而不反省动乱缘由的人："五十年功如电扫，华清花柳咸阳草。五坊供奉斗鸡儿，酒肉堆中不知老。"

1127年的靖康之变[13]，让无数人颠沛流离，也急剧改变了李清照的生活。在南宋朝廷派同签书枢密院事韩肖胄出使金国时，年过半百、又贫又病的李清照仍有话要说。父亲的影响、家庭的教育、血液里流淌的士族精神，都驱使她发出自己的声音：

想见皇华过二京，壶浆夹道万人迎。
连昌宫里桃应在，华萼楼前鹊定惊。
但说帝心怜赤子，须知天意念苍生。
圣君大信明如日，长乱何须在屡盟。[14]

作为一介女子，李清照尽管毫无机会和资格参与国家的外交决策，但仍希望自己的话被最高决策者知道：卑躬屈膝、放低姿态去恳请结盟，不断送财宝和礼物给敌国，真的能结束战乱、维持和平吗？

是背负在李清照身上的屈辱，成就了李清照。她雄健的笔触、高迈的思想，和对国家、民族、故土的深情，并没有因为战争、疾病、贫穷、家庭的破碎以及自己身上背负的屈辱，而有丝毫减退。当那么多权贵、高官、士族子弟纷纷转向、投降、沉默，安逸于个人的小世界时，

葵花形金盏

李清照仍用诗词表达信念。

李清照一辈子都在寻找,她在寻找什么呢?

寻寻觅觅,冷冷清清,凄凄惨惨戚戚。乍暖还寒时候,最难将息。三杯两盏淡酒,怎敌他,晚来风急?雁过也,正伤心,却是旧时相识。

满地黄花堆积,憔悴损,如今有谁堪摘?守着窗儿,独自怎生得黑!梧桐更兼细雨,到黄昏,点点滴滴。这次第,怎一个愁字了得!¹⁵

寻找家庭?寻找丈夫?寻找失落的爱情?寻找那些散落的文物?又或许,她在寻找士族的精神。

漱玉阁

1."常记溪亭日暮,沉醉不知归路。……"出自宋代李清照的词作《如梦令·常记溪亭日暮》。这首词是李清照早年的作品,这次出游很可能发生在她济南的老家,词中处处有水,洋溢着被酒和水浸润的青春气息,生动、活泼、妙趣横生,别有一番自娱自乐的意味。全词及白话译文如下:

如梦令·常记溪亭日暮
李清照
常记溪亭日暮,沉醉不知归路。
兴尽晚回舟,误入藕花深处。
争渡,争渡,惊起一滩鸥鹭。

常常记得,溪亭的日暮时分,酒喝得大醉,忘记了回家的路。

尽兴之后,天已经很晚了,往回划船,不小心划到了荷花的深处。

拼命划啊划,划啊划,惊起了满滩的鸥鹭。

2.王珪(1019—1085),字禹玉,北宋文学家、政治家,成都华阳(今属四川成都)人。庆历二年(1042),高中榜眼,进士及第,师从欧阳修,官至尚书左仆射,编有《仁宗实录》二百卷、《两朝国史》一百二十卷、《六朝国史会要》三百卷,著有《华阳集》等。

3."苏门后四学士",是指宋代苏轼的四位门生:李格非、廖正一、李禧、董荣。

4.《宋史》是我国"二十四史"之一,收录于《四库全书》史部正史类,起于宋太祖建隆元年(960),终于南宋赵昺祥兴二年(1279),包括北宋和南宋相加320年的全部历史。于元朝至正三年(1343)由丞相脱脱和阿鲁图先后主持修撰。《宋史》是"二十四史"中篇幅最长的一部史书，全书共四百九十六卷，包括本纪四十七卷，志一百六十二卷，表三十二卷，列传二百五十五卷。

5. 王拱辰（1012—1085），北宋官员、词人，原名王拱寿，字君贶，开封咸平（今河南通许）人。天圣八年（1030），考中状元，出任怀州通判，历任翰林学士、御史中丞等官职，著有《文集》七十卷，今已散佚。

6. 赵挺之（1040—1107），北宋官员，李清照的公公，字正夫，密州诸城（今山东诸城）人。治平二年（1065），考中进士第一等，力主绍述之说，排击"元祐党人"，历任吏部尚书、尚书左丞、尚书右仆射等官职。

7. "元祐党人"，亦称"元祐党籍"，是指反对王安石所主持的熙宁变法的一众官员，包括司马光、苏轼、苏辙、黄庭坚、晁补之、程颐等人。相反，支持熙宁变法的官员被称为"元丰党人"。

8."炙手可热心可寒""何况人间父子情",出自李清照的逸句,全诗散佚。"元祐党祸"期间,李清照的父亲李格非受到牵连。为了救父,她写诗献给尚书右仆射赵挺之。赵挺之既是李清照的公公,又是依附宰相蔡京排斥元祐党人的得力人物。但李清照的献诗没能打动赵挺之,李格非仍旧被罢免,不得不离开汴京。

9.《永遇乐·元宵》是李清照的词作。从此词中可以感受到李清照晚年凄凉的心境,是她的代表作之一,全词及白话译文如下:

永遇乐·元宵
李清照
　　落日熔金,暮云合璧,人在何处?染柳烟浓,吹梅笛怨,春意知几许?元宵佳节,融和天气,次第岂无风雨?来相召、香车宝马,谢他酒朋诗侣。
　　中州盛日,闺门多暇,记得偏重三五。铺翠冠儿,捻金雪柳,簇带争济楚。如今憔悴,风鬟霜鬓,怕见夜间出去。不如向、帘儿底下,听人笑语。

日暮黄昏时候，夕阳的余晖像熔化的金子，暮云弥漫，月亮宛如一块浑圆的璧玉，人在什么地方呢？

柳色渐浓，有笛子吹奏起哀怨的《梅花落》，春天的气息有几分了？

这样的元宵佳节，这样的和煦春光，说不定转眼间就有风雨袭来。

有酒朋诗侣坐着宝马香车来邀请我去参加宴会，被我谢绝。

难以忘记汴京最繁华的日子。闺门中的女子多有闲暇的时间，还记得人们更偏爱正月十五的元宵节，那些戴着用翡翠羽毛装饰的帽子和用金钱捻丝编成的雪柳的姑娘，都打扮得漂漂亮亮。如今，我身心憔悴，两鬓斑白，发髻蓬乱，连晚上都不愿意出去了。不如守在帘子后面，听别人的欢声笑语吧。

10. 张文潜（1054—1114），即张耒，字文潜，号柯山，祖籍亳州谯县（今属安徽），生长于楚州淮阴（今属江苏淮阴）。张耒青年时代游学陈州，以文章受知于学官苏辙，因而得从苏轼门下，与黄庭坚、晁补之、秦观一起,被称为"苏门四学士",是四人中辞世最晚的人。代表作有《少年游》《风流子》等,著有《柯山集》《宛丘集》《柯山诗余》。

11.《读中兴颂碑》是宋代张耒创作的七言古诗。中兴颂碑,即《大唐中兴颂》碑。该碑记平安史之乱、颂唐室中兴之事,元结撰,颜真卿书,现保存在湖南祁阳浯溪公园。全诗及白话译文如下:

读中兴颂碑

张耒

玉环妖血无人扫,渔阳马厌长安草。潼关战骨高于山,万里君王蜀中老。

金戈铁马从西来,郭公凛凛英雄才。举旗为风偃为雨,洒扫九庙无尘埃。

元功高名谁与纪?风雅不继骚人死。水部胸中星斗文,太师笔下蛟龙字。

天遣二子传将来,高山十丈磨苍崖。谁持此碑入我室,使我一见昏眸开。

百年废兴增叹慨，当时数子今安在？君不见，荒凉浯水弃不收，时有游人打碑卖。

杨贵妃的血迹没有人来打扫，叛军的战马吃腻了长安的草料。

潼关战役的尸骸堆得比山还高，君王逃到万里之外的蜀地，在那里孤独终老。

金戈铁马从西边而来，威风凛凛的郭子仪真是一位盖世的将才。

他举起旗子像刮起一股狂风，他放下旗子像下了一场暴雨，他终于保住了大唐江山。

这些丰功伟绩谁来记录？《诗经》和《楚辞》的传统没有人继承。

幸运的是，元结的胸中，还有一片文采灿烂；而颜真卿的字体刚劲奇伟，笔墨犹如蛟龙出海。

老天派他们来记录这丰功伟绩，让以后的人知道。他们的文字被刻在浯溪边高高的山崖上。

谁把这碑帖带到我的房间，使我昏花的眼睛一下子眼前一亮。

百年兴废徒增我的叹息和感慨，当年的那些人如今安在？

　　你可看见，荒凉的浯溪水一直向前，不在意它，只是偶尔有游人驻足，拓下它的碑文来卖。

　　12.《浯溪中兴颂诗和张文潜二首》是李清照创作的组诗，写于李清照十六七岁时，但那时她的文笔和见解已远在一般人之上。全诗及白话译文如下：

浯溪中兴颂诗和张文潜二首
李清照
　　五十年功如电扫，华清花柳咸阳草。
　　五坊供奉斗鸡儿，酒肉堆中不知老。
　　胡兵忽自天上来，逆胡亦是奸雄才。
　　勤政楼前走胡马，珠翠踏尽香尘埃。
　　何为出战辄披靡，传置荔枝多马死。
　　尧功舜德本如天，安用区区纪文字。
　　著碑铭德真陋哉，乃令鬼神磨山崖。
　　子仪光弼不自猜，天心悔祸人心开。

夏商有鉴当深戒，简策汗青今具在。
君不见，当时张说最多机，虽生已被姚崇卖。

君不见惊人废兴传天宝，中兴碑上今生草。
不知负国有奸雄，但说成功尊国老。
谁令妃子天上来，虢秦韩国皆天才。
花桑羯鼓玉方响，春风不敢生尘埃。
姓名谁复知安史，健儿猛将安眠死。
去天尺五抱瓮峰，峰头凿出开元字。
时移势去真可哀，奸人心丑深如崖。
西蜀万里尚能反，南内一闭何时开。
可怜孝德如天大，反使将军称好在。
呜呼，奴辈乃不能道辅国用事张后专，乃能念春荠长安作斤卖。

唐玄宗在位五十年的功业转瞬消失不见，华清宫犹如当年的咸阳城，转眼就成为长满野草的废墟。

当年五坊供养的那些斗鸡儿，因为得宠，享尽酒色之乐，不知自己会变老。

叛乱的胡人军队突然从天而降，让人不寒而栗，那为首的安禄山也是一世奸雄。

当年皇帝宴饮的勤政楼前，如今跑着胡马。宫殿里遭到叛军兵马的践踏，珠翠都丢弃在地上，尘土也为之变香。

为什么每次出战都望风披靡，屡屡失败？因为要传送贵妃的荔枝，马都已累得死光。

尧、舜的功绩本如天一样高，何必用区区的文字去记载。

还把他们刻在石碑上，逞以鬼斧神工的技艺，这一切真是浅陋。

郭子仪和李光弼彼此同心同德，天意才不再降下灾祸，人心也为之欢畅。

夏桀和商汤灭亡的教训，应该牢记。打开史书，一切都写得明明白白。

你可看见，当年的张说最有心机，但也中了姚崇临终时的计谋。

你可看见，唐玄宗在位时的开元、天宝年间的太平盛世因安史之乱而走向惊人的衰落，《大唐中兴颂》碑上，如今都长满野草。

人们不知道有祸国的奸雄，只是一味地为平叛的功臣歌功颂德，并尊他们为国老。

杨贵妃从天而降，杨氏姐妹出入宫廷，权倾天下，是谁给了她们这么大的恩宠？

羯鼓鸣，铜磬响，好一派歌舞升平的热闹景象。皇帝无心国事，连春风都不敢扬起尘埃。

安禄山、史思明之流的姓名有谁知道，猛将健儿白白地死掉。

还想在高耸入云的华山抱瓮峰上凿出"开元"两字，来自我夸耀。

形势早已经改变了，真是悲哀。奸徒的心计，也深险如山崖。

叛乱平定，唐玄宗终于从万里之外的西蜀平安返回长安。但他被幽禁在深宫里，南内的大门一旦闭上，不知何时才能打开。

可怜肃宗的孝心与天齐平，反倒要作为奴才的高力士去保驾玄宗。

呜呼哀哉，人们只知道责备唐玄宗宠信高力士，却

不知道责备李辅国、张皇后专权用事。

13. 靖康之变是指宋钦宗靖康元年（金天会五年，1127年），金军南下，攻破北宋都城东京（今河南开封），掳走徽、钦二帝，导致北宋灭亡的历史事件，又称靖康之乱、靖康之难、靖康之祸、靖康之耻。南宋将领岳飞曾在《满江红》中提道："靖康耻，犹未雪；臣子恨，何时灭。"

14. "想见皇华过二京，壶浆夹道万人迎。连昌宫里桃应在，华萼楼前鹊定惊。……"出自《上枢密韩肖胄诗二首（其二）》。宋高宗绍兴三年（1133），南宋朝廷派同签书枢密院事韩肖胄和工部尚书胡松年出使金国，去慰问被囚于北方的徽、钦二帝，李清照特作诗为韩、胡二公送行。全诗及白话译文如下：

上枢密韩肖胄诗二首（其二）
李清照
想见皇华过二京，壶浆夹道万人迎。

连昌宫里桃应在，华萼楼前鹊定惊。
但说帝心怜赤子，须知天意念苍生。
圣君大信明如日，长乱何须在屡盟。

推想可知，你们作为南宋的使节，带着极大的荣华出使金朝，沿路一定有很多百姓用竹篮盛着饭，用瓦壶盛着酒浆来欢迎你们，慰劳你们。

连昌宫里的桃树应该还在吧，华萼楼前的鸟鹊也一定会带着惊喜的心情迎接你们。

只管说："皇上对百姓有怜悯之心，上天也同情受苦的老百姓。"

圣上的信义好像太阳，屡次会盟讲和，只会助长更长久的祸乱。

15."寻寻觅觅，冷冷清清，凄凄惨惨戚戚。……"出自李清照的词作《声声慢·寻寻觅觅》，该词勾勒了一个独居妇人的形象，表现了她令人压抑的悲伤和绝望，是李清照的代表作之一。全词及白话译文如下：

声声慢·寻寻觅觅

李清照

寻寻觅觅,冷冷清清,凄凄惨惨戚戚。乍暖还寒时候,最难将息。三杯两盏淡酒,怎敌他,晚来风急?雁过也,正伤心,却是旧时相识。

满地黄花堆积,憔悴损,如今有谁堪摘?守着窗儿,独自怎生得黑!梧桐更兼细雨,到黄昏,点点滴滴。这次第,怎一个愁字了得!

苦苦寻觅,却只见一片冷清,内心是多么的凄惨悲戚。乍暖还寒的时候,最难调养安息。喝上三两杯淡酒,怎么能抵挡晚来的疾风。正伤心的时候,大雁飞过,却是我旧时的相识。

满地堆积的黄花,憔悴枯萎,如今还有谁去摘呢?守着窗户,独自一人怎么熬到天黑?细雨绵绵,打在梧桐叶上,一直下到黄昏,还是点点滴滴的。这种状态,怎么能用一个"愁"字来形容得完!

为你
读诗
THE POEM FOR YOU

第二章

胜负心：
至今思项羽，不肯过江东

李清照好胜负最明显、最直接的体现要数喜爱赌博,她曾坦言自己"性喜博……昼夜每忘寝食"。
　　此外,她还会与花朵争胜。她买了一枝含苞待放的花插在云鬓间,问丈夫:"到底是我好看,还是花朵好看呢?"

　　卖花担上,买得一枝春欲放。泪染轻匀,犹带彤霞晓露痕。
　　怕郎猜道,奴面不如花面好。云鬓斜簪,徒要教郎比并看。[1]

　　她也与丈夫争胜。常常是在饭后,坐在家里煮茶时,她和赵明诚指着满屋的书籍,猜某个典故、某句诗在某本书的哪一卷哪一页哪一行,谁猜中了就先喝茶。李清照经常赢,猜中了便举杯大笑,直笑得茶水溅出了杯子,甚至洒到身上。虽然身为女子,但她根本不为谦逊、礼让的教条所束缚,肆意洒脱,颇具豪情,令人不禁感慨:真是特别有个性的女子,也有着特别有趣的婚姻啊。

李清照还和丈夫比文学上的造诣。在南京城里,每逢大雪纷飞,李清照都要戴上斗笠,披上蓑衣,寻幽览胜,寻找创作诗歌的灵感。每得到佳句,她都必定邀请丈夫来和诗。赵明诚总是很苦恼,因为他写的诗没有李清照的好。不过,他也有不服气的时候。李清照曾写了一首《醉花阴·重阳》[2]寄给他,他读后赞叹连连,但不甘示弱,于是闭门谢客、废寝忘食,在家里冥思苦想了三天,写出五十首词,然后把它们和李清照的词混在一块,拿给朋友看。朋友仔细看过,对赵明诚说,其中有三句写得最好。赵明诚忙问是哪三句。朋友念出来,却都是出自李清照的《醉花阴·重阳》:

莫道不销魂,帘卷西风,人比黄花瘦。

毬路花卉纹鎏金背银梳

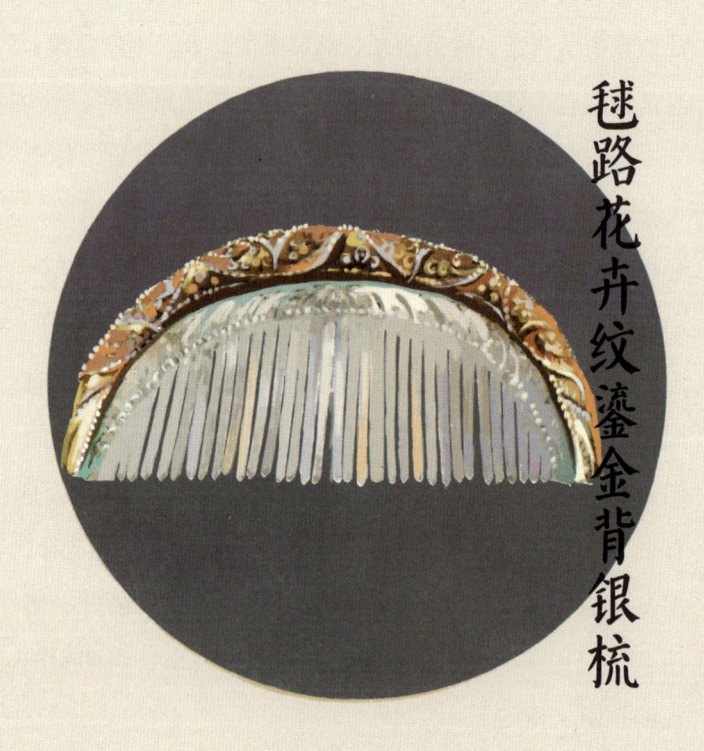

李清照在诗词方面的卓越成就,不仅让她的丈夫自愧不如,还使当时许多文人都佩服不已。王灼[3]就评价李清照称:"自少年便有诗名,才力华赡,逼近前辈,在士大夫中已不多得。若本朝妇人,当推词采第一。"[4]

　　可李清照不安于仅做本朝妇人中的"文采第一",还要和那些优秀的男词人一较高下。她写了一篇《词论》[5],臧否人物,把从五代到宋代许多著名词人都批评了一遍,连她父亲的老师苏轼,李清照也没放过:"……苏子瞻(轼),学际天人,作为小歌词,直如酌蠡水于大海,然皆句读不葺之诗尔,又往往不协音律者。何耶?"这般教训人的口吻,仿佛文坛前辈指导晚辈,一点情面也不留。而且这篇《词论》是李清照南渡前所写的,当时她不过三十一岁而已。年纪轻轻,又是女子,就敢于质疑和挑战男性拥有绝对话语权的文坛里顶尖词人的成就,这不能不让人惊讶和佩服。

　　"乃知(词)别是一家,知之者少。"李清照直言别人不知道写作词的奥秘,而她知道,她有好胜的决心,

更有自信：未来的文坛，将有我李清照的一席之地。她也真的做到了。

乱世之中，李清照的胆量和气魄绝非一般人能比。李清照四十四岁那年，金兵长驱直入，北宋都城开封沦陷，宋钦宗及其后妃、宗亲等三千多人被掳北去。兵荒马乱里，无数人南逃，李清照冒着危险，带着和丈夫珍藏了半辈子的好几车沉重的文物去找赵明诚。赵明诚死后，又是李清照带着这些文物辛苦奔波，辗转流离。

李清照常争常胜，但在与时代和命运的较量中，她要想赢，谈何容易。

千辛万苦留下的文物最后还是被掠走了，入侵的金兵、宋朝的将领、贪婪的小偷……太多人都窥伺于她的财物。李清照欲叫无声，欲哭无泪。

在为亡夫赵明诚的学术著作《金石录》[6]所写的《金石录后序》里，李清照怀着悲痛的心情回忆了她和丈夫一生的收藏是如何散失殆尽的。在文章最后，她试图说服自己，一切都是天意：

檀木识文描金经函

昔萧绎江陵陷没，不惜国亡，而毁裂书画；杨广江都倾覆，不悲身死，而复取图书。岂人性之所著，死生不能忘之欤？或者天意以余菲薄，不足以享此尤物耶？抑亦死者有知，犹斤斤爱惜，不肯留在人间耶？何得之艰而失之易也！

呜呼！余自少陆机作赋之二年，至过蘧瑗知非之两岁，三十四年之间，忧患得失，何其多矣！然有有必有无，有聚必有散，乃理之常。人亡弓，人得之，又胡足道！

再丰厚的收藏也避免不了散失的命运，这是李清照以自己"三十四年"的忧患过往得出的残酷经验。而北方的金人入侵，害她丢掉的不只有文物，还有江山和故国。这一次，李清照不再试图说服自己，她喊出：

生当作人杰，死亦为鬼雄。至今思项羽，不肯过江东。[7]

项羽是一个失败的人，他输得很惨，输掉了战争，输掉了心爱的女人，也输掉了自己的生命。但他也赢了，赢在不苟延残喘，不委曲求全；他以自杀这种决绝的方式，维护了自己最后的尊严。

李清照思念项羽，不为他的功业成败，而为他身上那份风骨和气节。

宋朝也不乏风骨之人，比如被金人畏称"宗爷爷"的宗泽[8]。在国家危难之际，他以六十多岁高龄多次指挥军队，挫败金人进攻，使开封成为抗金前线的坚固堡垒。他曾二十四次上书高宗赵构还都，遭到投降派的拒绝，最终忧愤病逝。在弥留之际，他还要三呼："渡河！"

又比如辛弃疾[9]。二十三岁，他率领仅五十余人的队伍，深入五万之众的敌营活捉叛徒，又千里骑行，亲自押解至临安，交给南宋朝廷处决，并率万人南下归宋。但他不被信任，难得重用。在断断续续被任用的二十多年间，他就曾遭到三十七次调动。1207年，朝廷终于决定再次起用被弹劾的辛弃疾，但接到诏令时，辛弃疾已病重卧床不起，只得上奏请辞。同年秋天，辛弃疾带着忧愤的心情和不能实现的爱国理想离开人世。据说，在

临终时，他向着北方大喊："杀贼！杀贼！"

提及宋朝的风骨人士，人们也不该忘记李清照。这个不能上战场杀敌的女子，也有着驰骋沙场、收复河山的英雄梦。她在《打马赋》[10]的最后，以诗直抒胸臆：

木兰横戈好女子,老矣谁能志千里,但愿相将过淮水。

宋室南迁后，淮河成为宋金对峙的前线，淮河以北成了大宋子民回不去的故乡，也成了南渡士民心中永远的痛。李清照仰慕能跃马横戈、奋勇杀敌的巾帼英雄花木兰，认为这才是真正的好女子。而自己呢？如今年老力衰，虽不能像花木兰那样杀敌卫国，但内心仍然保有最初的愿望：希望有朝一日，能和从北方逃难而来的大宋子民一起，再渡过淮水，回到熟悉的北方故土去。

年轻时，李清照曾写过一首《鹧鸪天·桂花》[11]：

暗淡轻黄体性柔,情疏迹远只香留。何须浅碧深红色,

「汉编钟」「太清宫」铭铜钟

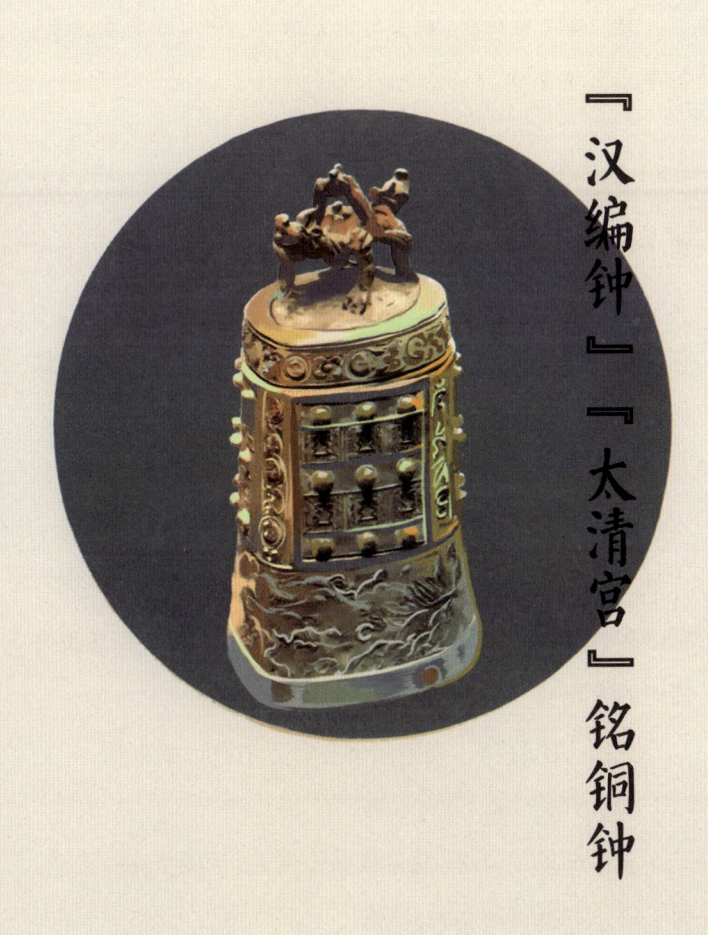

自是花中第一流。

  梅定妒，菊应羞。画栏开处冠中秋。骚人可煞无情思，何事当年不见收。

  这是李清照的女性宣言，正如桂花外貌平凡，却能留下浓郁的香气，志向高远的她也会像桂花一样，不仅使"岁寒三友"之一的梅花妒忌她，就连象征高士的菊花站到她面前，也一定会感到羞愧。李清照的美，正如桂花之美，震慑世人，震撼时代。

  而那些不懂得欣赏桂花的人呢？那是他们的损失，不是桂花的过错。正如李清照在词里向屈原发出的质疑："骚人可煞无情思，何事当年不见收。"为什么在你写有诸多香草花木的《离骚》里却没有桂花？你真是没有情思的人啊！

  直到人生暮年，李清照仍有着无限高远的豪情：

  天接云涛连晓雾，星河欲转千帆舞。仿佛梦魂归帝所，闻天语，殷勤问我归何处。

我报路长嗟日暮，学诗谩有惊人句。九万里风鹏正举，风休住，蓬舟吹取三山去。¹²

　　李清照一生是输是赢？诚然，她丢失了心爱的金石、圆满的婚姻等，但她也赢了，哪怕经历无数的失败，哪怕肉身已逝，她独立的灵魂也将永远高高挺立，"风休住，蓬舟吹取三山去"。

生当作人杰
死亦为鬼雄
至今思
项羽
不肯过
江东

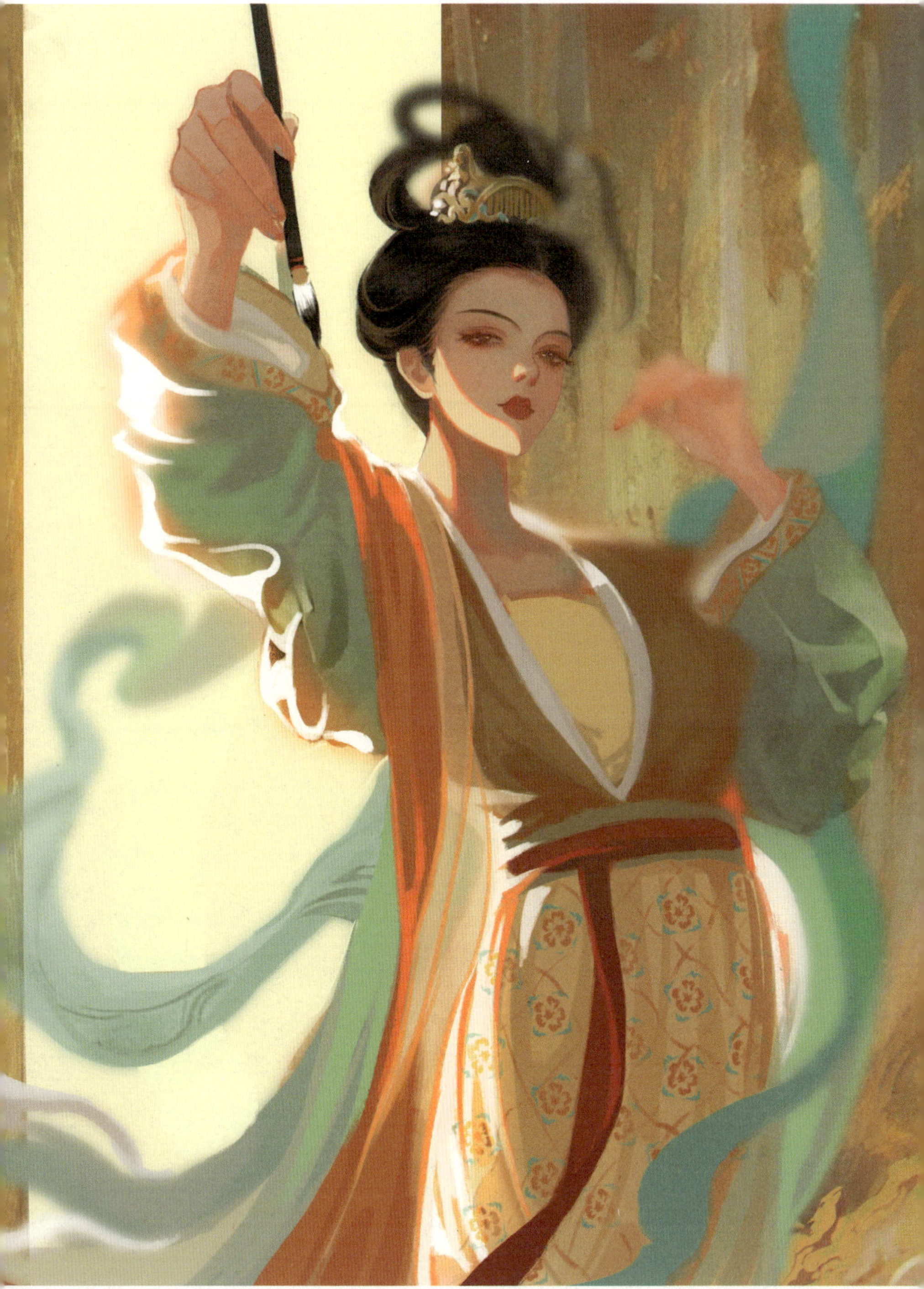

漱玉阁

1. "卖花担上,买得一枝春欲放。……"出自李清照的词作《减字木兰花·卖花担上》。此词可能写于作者新婚不久,全词及白话译文如下:

减字木兰花·卖花担上
李清照
　　卖花担上,买得一枝春欲放。泪染轻匀,犹带彤霞晓露痕。
　　怕郎猜道,奴面不如花面好。云鬓斜簪,徒要教郎比并看。

　　从卖花郎的担子上,买了一枝含苞待放的花。露珠晶莹似眼泪,花朵鲜艳如红色的彩霞。
　　害怕丈夫看了花以后犯猜疑,认为我的容颜不如花漂亮。我偏要把它插在云鬓间,让丈夫看看,到底是我好看还是花更好看。

2.《醉花阴·重阳》是李清照的词作,堪称佳作,尤其最末一句,脍炙人口。全词及白话译文如下:

醉花阴·重阳
李清照
薄雾浓云愁永昼,瑞脑销金兽。佳节又重阳,玉枕纱厨,半夜凉初透。

东篱把酒黄昏后,有暗香盈袖。莫道不销魂,帘卷西风,人比黄花瘦。

薄雾弥漫,云层浓密,这漫长的白昼好像没有尽头,令人发愁。龙脑香在金兽香炉中逐渐燃尽。又到了重阳佳节,卧在玉枕纱帐中,半夜的凉气将全身浸透。

黄昏时,靠在东篱边饮酒,有一股暗香充盈在袖子里。思念让人伤神,西风卷起帘子,帘里的人比帘外的黄菊还要消瘦。

3. 王灼，字晦叔，号颐堂，四川遂宁人，宋代科学家、文学家、音乐家。生卒年不详，据考证可能生于北宋神宗元丰四年（1081），卒于南宋高宗绍兴三十年（1160）前后，享年约八十岁。据有关史料记载，其著作现存《颐堂先生文集》和《碧鸡漫志》各五卷，《颐堂词》和《糖霜谱》各一卷，另有佚文十余篇。王灼的著述涉及诸多领域，在我国文学、音乐、戏曲和科技史上占有一定的地位。

4. "自少年便有诗名，才力华赡，逼近前辈，在士大夫中已不多得。若本朝妇人，当推词采第一。"出自王灼的《碧鸡漫志》。全文如下：

易安居士，京东路提刑李格非文叔之女，建康守明诚德甫之妻。自少年便有诗名，才力华赡，逼近前辈，在士大夫中已不多得。若本朝妇人，当推词采第一。赵死，再嫁某氏，讼而离之。晚节流荡无归。作长短句，能曲折尽人意，轻巧尖新，姿态百出。闾巷荒淫之语，肆意落笔。自古搢绅之家能文妇女，未见如此无顾藉也。

5.《词论》是李清照所著的一篇关于词的专论文章。该文通过对先前各家的评价，系统地阐述了优秀词作的标准。李清照开创性地提出，词"别是一家"，主张词应是区别于诗的独立存在。她认为，词作为用来演唱的歌词，必须具备音乐属性，必须讲求音律美感，必须以婉约为正宗。

6.《金石录》是李清照的丈夫赵明诚所著的金石学专著，收录了大量的传世钟鼎碑版铭文，材料翔实，考证精当，与欧阳修《集古录》齐名。金石学又被称为"欧赵之学"。

7."生当作人杰，死亦为鬼雄。至今思项羽，不肯过江东。"出自李清照的诗歌《夏日绝句》。全诗及白话译文如下：

夏日绝句

李清照

生当作人杰,死亦为鬼雄。
至今思项羽,不肯过江东。

活着就要做众人中的俊杰,死了也要做群鬼里的英雄。
至今还在思念项羽,他当初不肯偷生回到江东去。

8. 宗泽(1060—1128),字汝霖,婺州义乌(今浙江义乌)人。宋朝名将,官至河北兵马副元帅。杰出的政治家、军事家,著名的民族英雄。在国家危难之际,宗泽多次挫败金军进攻,使开封成为抗金前线的坚固堡垒。金人畏惮宗泽,称他为"宗爷爷"。

9. 辛弃疾(1140—1207),字幼安,号稼轩,历城(今山东济南)人。南宋官员、将领、文学家,豪放派词人,人称"词中之龙",与苏轼合称"苏辛",与李清照并称"济南二安"。

10.《打马赋》是李清照避难金华、编著《打马图经》时所写的赋作,同时还另写了一篇序文。《打马赋》与《打马图经序》可以说是姊妹篇。打马,是指大约在明清时期已失传的一种古代博戏。《打马赋》则借"打马"表明心志,以棋局比喻政局,为忧时忧国之作。全赋及白话译文如下:

打马赋

李清照

岁令云徂,卢或可呼。千金一掷,百万十都。樽俎具陈,已行揖让之礼;主宾既醉,不有博弈者乎!打马爰兴,樗蒲遂废。实博奕之上流,乃闺房之雅戏。齐驱骥騄,疑穆王万里之行;间列玄黄,类杨氏五家之队。珊珊佩响,方惊玉蹬之敲;落落星罗,忽见连钱之碎。若乃吴江枫冷,胡山叶飞;玉门关闭,沙苑草肥。临波不渡,似惜障泥。或出入用奇,有类昆阳之战;或优游仗义,正如涿鹿之师。或闻望久高,脱复庚郎之失;或声名素昧,便同痴叔之奇。亦有缓缓而归,昂昂而出。鸟道惊驰,蚁封安步。崎岖峻坂,未遇王良;局促盐车，难逢造父。且夫丘陵云远，白云在天，心存恋豆，志在著鞭。止蹄黄叶，何异金钱。用五十六采之间，行九十一路之内。明以赏罚，核其殿最。运指麾于方寸之中，决胜负于几微之外。且好胜者，人之常情；小艺者，士之末技。说梅止渴，稍苏奔竞之心；画饼充饥，少谢腾骧之志。将图实效，故临难而不回；欲报厚恩，故知机而先退。或衔枚缓进，已逾关塞之艰；或贾勇争先，莫悟阱堑之坠。皆由不知止足，自贻尤悔。况为之不已，事实见于正经；用之以诚，义必合于天德。故绕床大叫，五木皆卢；沥酒一呼，六子尽赤。平生不负，遂成剑阁之师；别墅未输，已破淮淝之贼。今日岂无元子，明时不乏安石。又何必陶长沙博局之投，正当师袁彦道布帽之掷也。

辞曰：佛狸定见卯年死，贵贱纷纷尚流徙，满眼骅骝杂骡骍，时危安得真致此？木兰横戈好女子，老矣谁能志千里，但愿相将过淮水。

时光飞逝，也曾在赌桌前高喊"卢"，期待中了头彩。也曾一掷千金，下注百万。宴席都已经摆好，必要的礼节都已经行过，主人和宾客都已经喝醉，不正好做做下棋掷采的游戏吗？打马的游戏兴盛以后，樗蒲的博戏就废止了。这实在是小道末技中的上流玩法，是女子深闺之中消闲解闷的高雅游戏。下棋的时候像周穆王乘着骏马去西王母那里做客，真是一日万里。不同颜色的棋子各自列队，好像唐朝威风凛凛的杨家五人的扈从，每家为一队，各穿一色衣服。环佩相击，好像上马时玉蹬的声音，而马队像天上的群星那样稠密地陈列。马骑过去，好像吴江的枫叶飘落，北边燕山上的树叶纷飞。保持防御，退居玉门关内，养精蓄锐，以待战机。或者遇到障碍，不肯渡河。或者想办法出奇制胜，像昆阳之战的汉光武帝刘秀一样，以少胜多。或者像涿鹿之战的黄帝，从容不迫地展开正义之战。声名远扬，威望很高，但也不能像庾翼一样一着不慎，满盘皆输。而应该像王湛那样起初默默无闻，一旦出手，就让人暗暗称奇，不禁肃然起敬。马可以慢慢地退回去，伺机再战。碰到机会，即使危险，也要冒险一搏。有时候要善于隐蔽，就像蚂蚁用土封上穴口。有时候缓缓而行，安步当车，麻痹对手。碰到崎岖的路，是因为没有碰到像王良那么优秀的驾驭者。运盐的车要上山，更是局促艰难，也是因为没有造父那样的人。何况时局就像白云在天，变幻无常。不要心里贪恋着禄位，要扬鞭策马，努力向前。将对方的马打下去，即可以获得金钱。在这个打马的棋盘上纵横捭阖，要的是赏罚分明，考核好军功大小。对于打马这种博戏，也像实战一样，决定胜负的，更重要的是如何指挥。好胜，是人之常情。而打马弈棋只是一种小技，就像"说梅止渴"和"画饼充饥"一样，对于有"奔竞之心"和"腾骧之志"的人将稍有慰藉。为了得到眼前实效，明知前面有危险，也不回头。为了报答让"子"之恩，明明有机会取胜，却退让了。或者在向敌人进攻时，悄悄地、缓缓地迂回靠近对方，顺利地通过艰险的关塞，否则将适得其反；或者勇气有余，争先恐后，糊里糊涂地掉入对方设置的陷阱和沟堑，都是因为不知适可而止、不知满足，于是只好咎由自取。况且，下棋有好处，这事情见于孔子的《论语》，只要诚心，它的意义一定符合天的德行。所以，刘裕大喊一声，五个棋子就都变成"卢"的一面。而刘信以酒起誓，果然六个棋子都是红色。做事有必胜的把握，所以桓温伐蜀一定会成功。对弈围棋，赌别墅没有输，所以谢安在淝水之战中一定能临危不惧，取得大捷。如今哪怕没有桓温那样的人，也一定有像谢安那样的人，又何必像陶侃一样，要求部下正襟危坐，把赌具都丢到江里呢？应像袁彦道一样，在博弈取胜之后，高兴地脱帽一掷。

辞意是：像北魏太武帝拓跋焘之流的侵略者，不久也会死到临头。富贵和贫贱的人都在逃难。满目皆是良马，却寸步难行。时局真是危亡到这番地步了吗？花木兰在强敌面前能跃马横戈、奋勇杀敌。我老了，虽然没有千里之志，但仍希望能随北归的人一起渡过淮水，回到故乡去。

11.《鹧鸪天·桂花》自始至终表达了李清照对桂花的喜爱。全词及白话译文如下：

鹧鸪天·桂花

李清照

暗淡轻黄体性柔，情疏迹远只香留。何须浅碧深红色，自是花中第一流。

梅定妒，菊应羞。画栏开处冠中秋。骚人可煞无情思，何事当年不见收。

桂花的颜色暗黄、轻黄，体态轻柔。它清高脱俗，幽香飘至远方。何必打扮成浅绿或大红的样子去招摇呢，它本来就是群花当中第一流的花木。

梅花一定会嫉妒它，菊花也一定因为它感到羞愧。在装有华丽护栏的花园里，只有它冠绝中秋。可恨大诗人屈原没有情思，要不然《楚辞》里怎么没有写它。

12．"天接云涛连晓雾，星河欲转千帆舞。……"出自李清照的词作《渔家傲·记梦》。此词意象宏大，笔力雄健，是李清照乃至宋词最令人瞩目的成就之一。全词及白话译文如下：

渔家傲·记梦
李清照
天接云涛连晓雾，星河欲转千帆舞。仿佛梦魂归帝所，闻天语，殷勤问我归何处。

我报路长嗟日暮，学诗谩有惊人句。九万里风鹏正举，风休住，蓬舟吹取三山去。

满天如波涛的白云，晨雾茫茫。银河尚未消失，它转动着，云影如千万艘帆船飞舞。我的梦魂仿佛要回到天帝那里去，天上有人殷勤地问我，你要回哪里去？

我回答说，长路漫漫，日暮时分，只有嗟叹。我一无所有了，只有留下来的一些让人惊叹的诗句。九万里的高空，大鹏凌风而上。风啊！你千万不要停息，将这一叶轻舟，直送到那蓬莱三岛去。

为你
读诗
THE POEM FOR YOU

第三章 酒与茶：是爱物，也是愁容

宋朝承袭了汉时的"榷酒制",即由官方专营酒水,起初政府对酒的生产和销售都管理得相当严格,不允许私人酿酒。但后来随着经济的发展,逐渐放松了对酒的管制。尤其是农业生产水平的提高,为酿酒提供了最直接的物质基础——充裕的粮食。而宋太宗时出台的"买扑制"[1]等让官方获得了大量酒税,国库得以充实,为了获取更多利益,统治者更加注重对酒的推广和经营,也促成了酒文化的兴盛。

宋人爱酒,历代帝王大都好酒,不仅在正式宴会上要以酒助兴,平时生活中也常常离不开酒。随着宫廷和民间的纷纷效仿,逐渐形成了盛极一时的饮酒之风。一个明显的社会现象也随之出现:宋朝官场,酒局繁多。当时无论是公务聚会,还是私人宴请,酒都成为不可或缺的东西。甚至宋朝官员的收入构成中，除了正常俸禄，还会有一份公使钱，专门作为地方政府官员拿来宴请、接待宾客的费用。

酒文化的盛行，也催生了全国各地酒楼、酒肆的兴建。以京城开封为例，最具传奇性的地标性建筑非"白矾楼"莫属，即后来的"丰乐楼"，也被称为"樊楼"。宋人孟元老在《东京梦华录》[2]里记载，宣和年间，白矾楼增修成三层楼，这个建筑群一共有五座楼高耸相对，各楼之间有飞桥与栏槛，或明或暗互相通连，珍珠门帘，锦绣门楣，在明亮的灯烛下闪耀晃动。每到正月十五，白矾楼在每一条瓦楞上都会放一盏莲花灯，流光溢彩，美不胜收。

白矾楼也常出现在文人的作品里，成为北宋繁华的象征之物。北宋官员刘子翚就曾写诗回忆："梁园歌舞足风流，美酒如刀解断愁。忆得少年多乐事，夜深灯火上樊楼。"[3]

在京城，像白矾楼这样高档的酒楼一共有72家，门口都有彩帛装饰的楼门，廊厅宽敞，一到晚上，灯笼、

三彩釉印花游魚海棠式瓷長盤

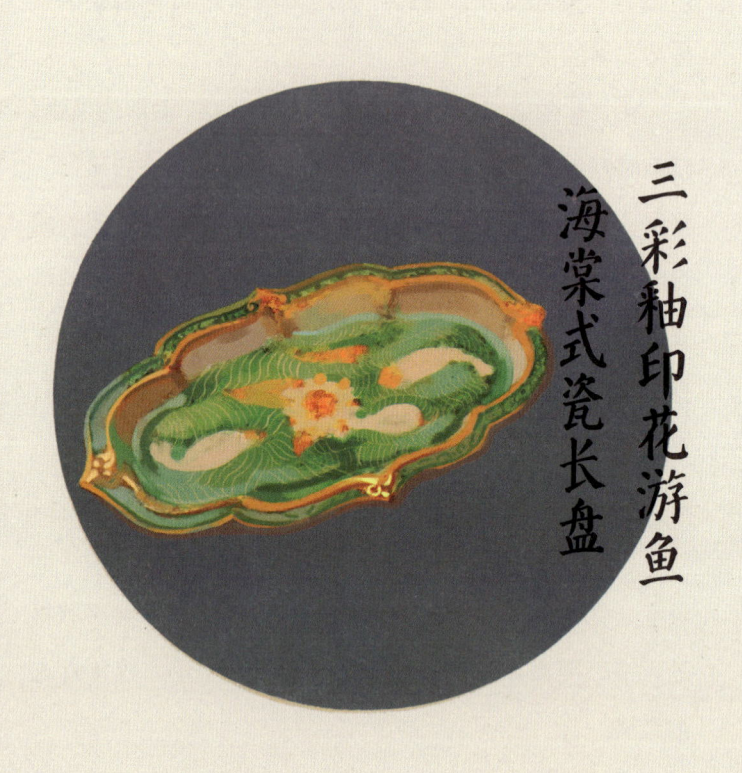

蜡烛明亮辉煌,光影摇曳,多达数百位浓妆艳抹的妓女聚集在主廊的廊檐下,"以待酒客呼唤,望之宛若神仙"。一般的小酒店更是鳞次栉比,满目皆是。各家酒馆还纷纷拿出绝活,或以昂贵独特的装潢,或以精彩纷呈的娱乐,或以美酒、美食,吸引顾客。

酒体现着宋人的生活方式,也承载着他们的精神寄托。"浊酒一杯家万里,燕然未勒归无计"[4],边塞军人的酒壶里盛满对故乡的思念;"醉里挑灯看剑,梦回吹角连营"[5],这是将军的"壮志难酬之酒"。"明月几时有,把酒问青天。不知天上宫阙,今夕是何年"[6],文人士大夫的酒杯里有一半都是人生感怀;"莫笑农家腊酒浑,丰年留客足鸡豚"[7],寻常老百姓的酒碗里看上去浑浊却有着清澈的热情……

被这样的时代氛围感染着,李清照也频频借酒寓情、以酒和诗。宋朝虽提倡礼教,但对女性的约束还不那么严格,酒楼等较为特别的公共场所会对女性开放,尤其节日之际,女性还能上街参加不少社会活动。自然而然

地，她们和酒有了更多接触。学养深厚的李清照自是不同于一般女子，她的"饮"和她的"说"往往密密交织着，有时她的诗词里飘出淡淡的酒的清香，有时她字里行间那浓郁的酒的气息简直挥散不开。

李清照从来不忌惮喝酒的量，小酌不够尽兴，那便豪饮到痛快，醉至迷路也无所谓：

常记溪亭日暮，沉醉不知归路。
兴尽晚回舟，误入藕花深处。
争渡，争渡，惊起一滩鸥鹭。

偶尔醉得连妆发都来不及拆卸了，倒头昏昏睡去，半夜又因头上梅花的香气而苏醒，难以再次入眠：

夜来沉醉卸妆迟，梅萼插残枝。酒醒熏破春睡，梦远不成归。[8]

李清照总是在夜晚饮酒，导致白天不能及时醒来。

官窑青釉八方弦纹盘口瓶

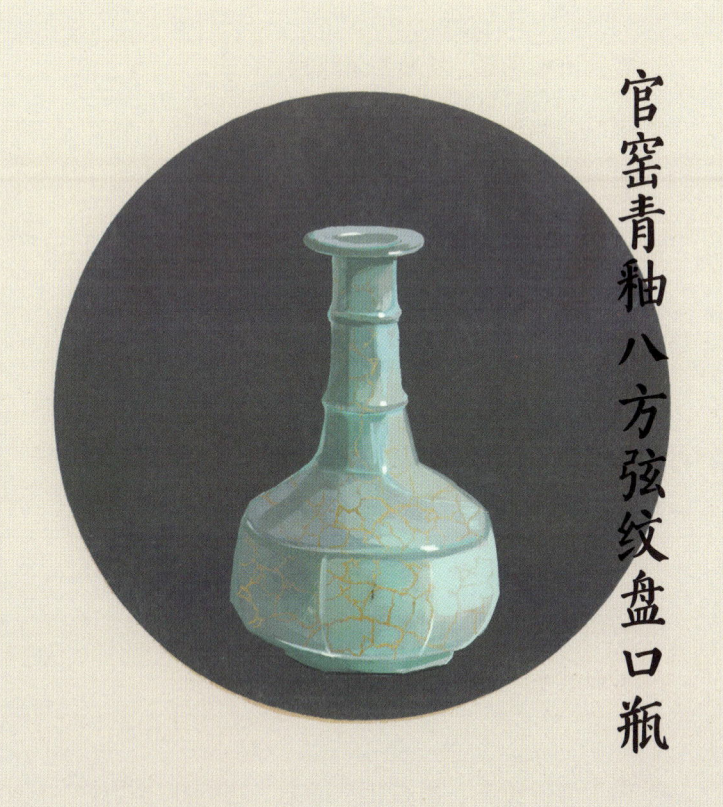

她的《如梦令·昨夜雨疏风骤》⁹可作例证:

> 昨夜雨疏风骤,浓睡不消残酒。
> 试问卷帘人,却道海棠依旧。
> 知否?知否?应是绿肥红瘦。

喝酒喝到起不来,醒来的时候估计头还在痛,但张口却问侍女:"昨夜风雨之后的海棠花还好吗?"

"应是绿肥红瘦",凋落的花瓣似乎隐隐预示了日后的凄凉。等那凄凉真的逼到眼前了,李清照还是要喝要醉,要欣赏东篱外的菊花,以不负它们盛开的美意。

> 秋已尽,日犹长,仲宣怀远更凄凉。
> 不如随分尊前醉,莫负东篱菊蕊黄。¹⁰

在李清照看来,酒和花是绝配,它们共同构成一个统一的精神世界,让她在其中得到稍许慰藉。

在月下、雪中,看一树寒梅绽放,李清照的手中是

不能没有酒的:

　　雪里已知春信至,寒梅点缀琼枝腻。香脸半开娇旖旎,当庭际,玉人浴出新妆洗。
　　造化可能偏有意,故教明月玲珑地。共赏金尊沉绿蚁,莫辞醉,此花不与群花比。[11]

　　这是一个冰清玉洁的世界,也是一个值得沉醉的世界。李清照知道,酒能抵挡寒冷,驱散凄凉,留住生命中的美好。但她何尝不知道,永远在酒中沉醉是不可能的,人总有酒醒时分、梦醒时刻。那时,最美好的时光将逝去不再回来。

　　香冷金猊,被翻红浪,起来慵自梳头。任宝奁尘满,日上帘钩。生怕离怀别苦,多少事、欲说还休。新来瘦,非干病酒,不是悲秋。
　　休休,这回去也,千万遍阳关,也则难留。念武陵人远,烟锁秦楼。惟有楼前流水,应念我、终日凝眸。

凝眸处,从今又添,一段新愁。[12]

李清照端起的酒杯里,被生活倒进越来越多的愁。如果说初时还只是无法同爱人长相厮守的情愁和一腔抱负无法施展的闲愁,那后来,她的愁不断滋长,把更辽阔而深沉的乡愁、国愁也包拢了进去。

故乡何处是?忘了除非醉。沉水卧时烧,香消酒未消。[13]

这首《菩萨蛮·风柔日薄春犹早》,是李清照晚年流寓越中时所写的。她远离了故土和亲人,却无时无刻不在思念之中,怎么才能忘记故乡呢?只有喝醉了才行啊。李清照一杯复一杯地又把自己送进了醉乡,直至睡前点的沉水香的香气都飘散了,酒还没有醒。

南渡以后,李清照的词里越来越频繁地提到酒。许多时候,她独饮独酌,没有别人陪伴。

寻寻觅觅,冷冷清清,凄凄惨惨戚戚。乍暖还寒时候,

吉州窑绿釉狮盖香熏

最难将息。三杯两盏淡酒,怎敌他,晚来风急?雁过也,正伤心,却是旧时相识。

或者说,她不需要陪伴和安慰,没有人能消解那浓重的愁绪,她宁可谢绝邀约,独自待着,静静地感受时间的流逝。

落日熔金,暮云合璧,人在何处?染柳烟浓,吹梅笛怨,春意知几许。元宵佳节,融和天气,次第岂无风雨?来相召、香车宝马,谢他酒朋诗侣。

中州盛日,闺门多暇,记得偏重三五。铺翠冠儿,捻金雪柳,簇带争济楚。如今憔悴,风鬟霜鬓,怕见夜间出去。不如向、帘儿底下,听人笑语。

在少女时代,李清照是那么喜欢出去,在春天里饮酒、沉醉、写诗;而后来,历经世事沧桑的她选择了自我隔离。除了酒,还有什么能抵挡寂寞呢?

是茶。在宋朝的流行物中,酒和茶,是人们最爱的两种饮品。

茶兴于唐而盛于宋。宋人蔡绦在《铁围山丛谈》[14]中说:"茶之尚,盖自唐人始,至本朝为盛;而本朝又至祐陵[15]时益穷极新出,而无以加矣。"王安石在《议茶法》[16]中也说:"夫茶之为民用,等于米盐,不可一日以无。"

从《东京梦华录》里,可以一窥北宋茶馆之盛。御街东朱雀门外,"西通新门瓦子,以南杀猪巷,亦妓馆。以南东、西两教坊,余皆居民,或茶坊"。茶馆开到居民区里,老百姓饮茶更方便了。当时除了全天候正常营业的茶馆、茶坊,还有很早就开门迎客,进行交易的"鬼市"茶坊,"每五更点灯,博易买卖衣服、图画、花环、领抹之类,至晓即散,谓之'鬼市子'"。有些茶坊内设有仙洞、仙桥等,仕女们夜游尤爱去。

这一切,造就了宋朝成为全民饮茶的时代。百姓饮茶、种茶、斗茶,文人士大夫积极参与茶的研究、生产和推广,宋朝皇帝也较前代更爱饮茶、研究茶。宋太宗亲自过问贡茶事宜,在福建建造专门生产"建茶"的官焙,生

产龙凤饼茶；宋徽宗更是个茶学专家，亲自撰写《大观茶论》[17]，这是宋代茶文化的集大成之作。

在全民饮茶的大背景下，李清照爱喝茶便不奇怪了。在《鹧鸪天·寒日萧萧上琐窗》中，她写道：

寒日萧萧上琐窗，梧桐应恨夜来霜。酒阑更喜团茶苦，梦断偏宜瑞脑香。

李清照爱喝团茶。这种生产于宋代的小茶饼，专供当时的皇室、贵族饮用，表面印有龙、凤花纹，特别昂贵和稀缺。印盘龙者称龙团或龙茶、盘龙茶、龙焙、小龙团，印凤者称凤团或凤饼、小凤团等。

李清照喝过小龙团。她的丈夫赵明诚曾在一篇跋中记载："……因上马疾驱归，与细君[18]共赏。时已二鼓下矣，酒渴甚，烹小龙团，相对展玩，狂喜不支。"赵明诚火急火燎赶回去要和妻子分享的，是刚得到的白居易抄写的一卷《楞严经》。珍贵的藏品配上好茶，又有相知相爱的人陪伴，自然狂喜不已。

长干寺鎏金莲花宝子银香炉

那时他们常在家中喝茶，颇为欢乐。"每饭罢，坐归来堂，烹茶，指堆积书史，言某事在某书某卷第几叶第几行，以中否角胜负，为饮茶先后。中即举杯大笑，至茶倾覆怀中，反不得饮而起。甘心老是乡矣！故虽处忧患困穷而志不屈。"

晚年孤身一人的李清照仍爱饮茶，但显然那味道里的苦涩比往常多出太多。她写过一首《摊破浣溪沙·病起萧萧两鬓华》[19]，是病中所作：

病起萧萧两鬓华，卧看残月上窗纱。豆蔻连梢煎熟水，莫分茶。

枕上诗书闲处好，门前风景雨来佳。终日向人多酝藉，木犀花。

鬓发花白，身体不济的李清照，只能卧看残缺的月亮爬上纱窗。因为大病未愈，她这时还不能"分茶"，只好饮豆蔻熟水以作药饮。

词里所指的"分茶"，是一种巧妙高雅的茶戏。宋人将茶末置于盏（瓯、碗）中，并调成糊状，再用煮好的热水冲泡。以茶匙取汤注入盏中，茶末自然随着沸水上浮。技巧高明的分茶者能使盏中茶水呈现出图案花纹，甚至文字诗歌等。由于分茶技巧之高、难度之大，病忧如李清照，自然是没有精力和雅兴来做这个。

用清代词人纳兰性德的一首词描述晚年的李清照，也许是合适的。纳兰性德回忆亡妻时引用了李清照夫妇"赌书泼茶"的故事，他觉得自己与亡妻也有像李清照夫妇那样美好的感情生活：

谁念西风独自凉？萧萧黄叶闭疏窗。沉思往事立残阳。被酒莫惊春睡重，赌书消得泼茶香。当时只道是寻常。[20]

李清照一生喝了太多酒，她最想念的，或许还是同丈夫赵明诚比赛猜书泼掉的那盏茶。

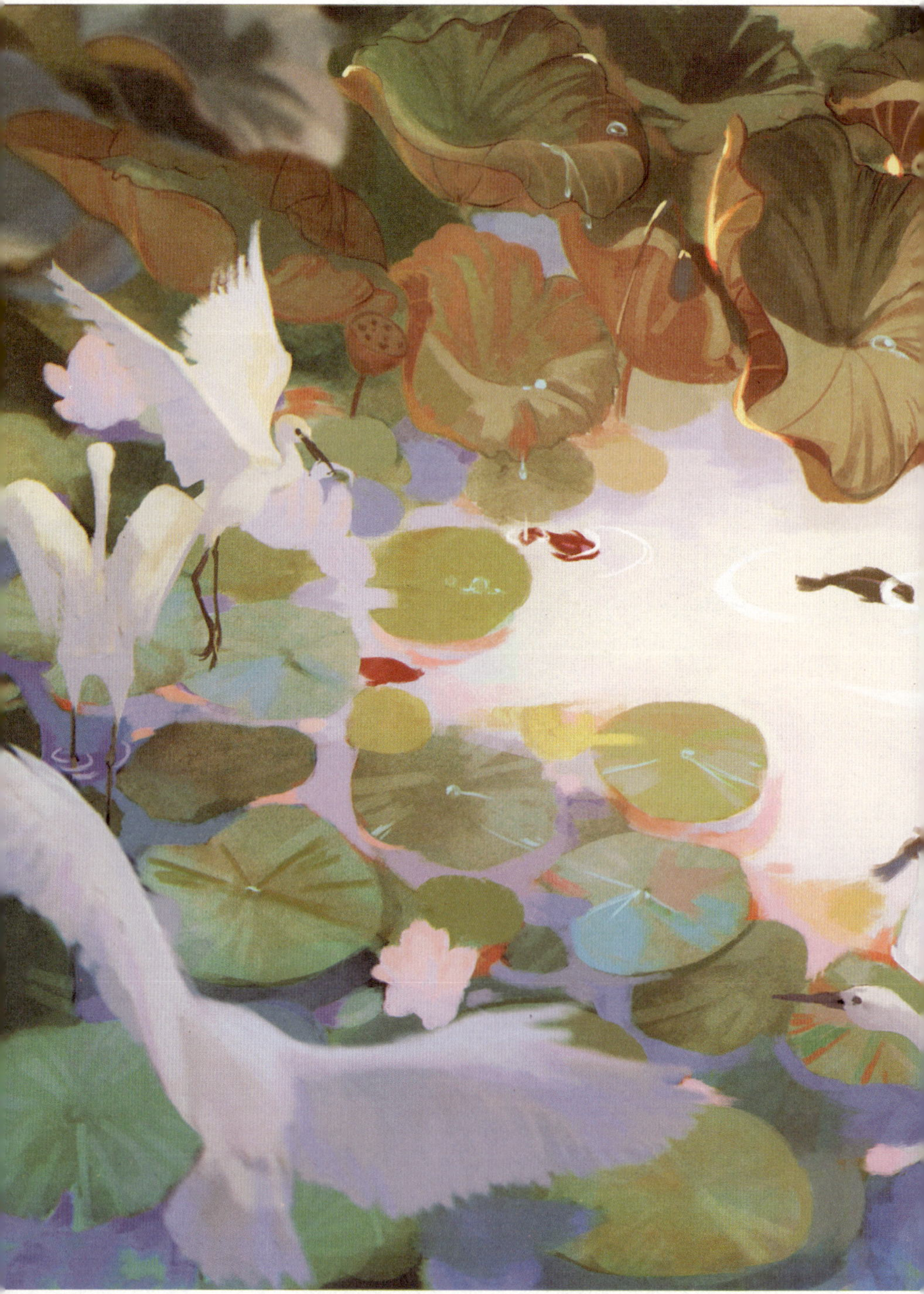

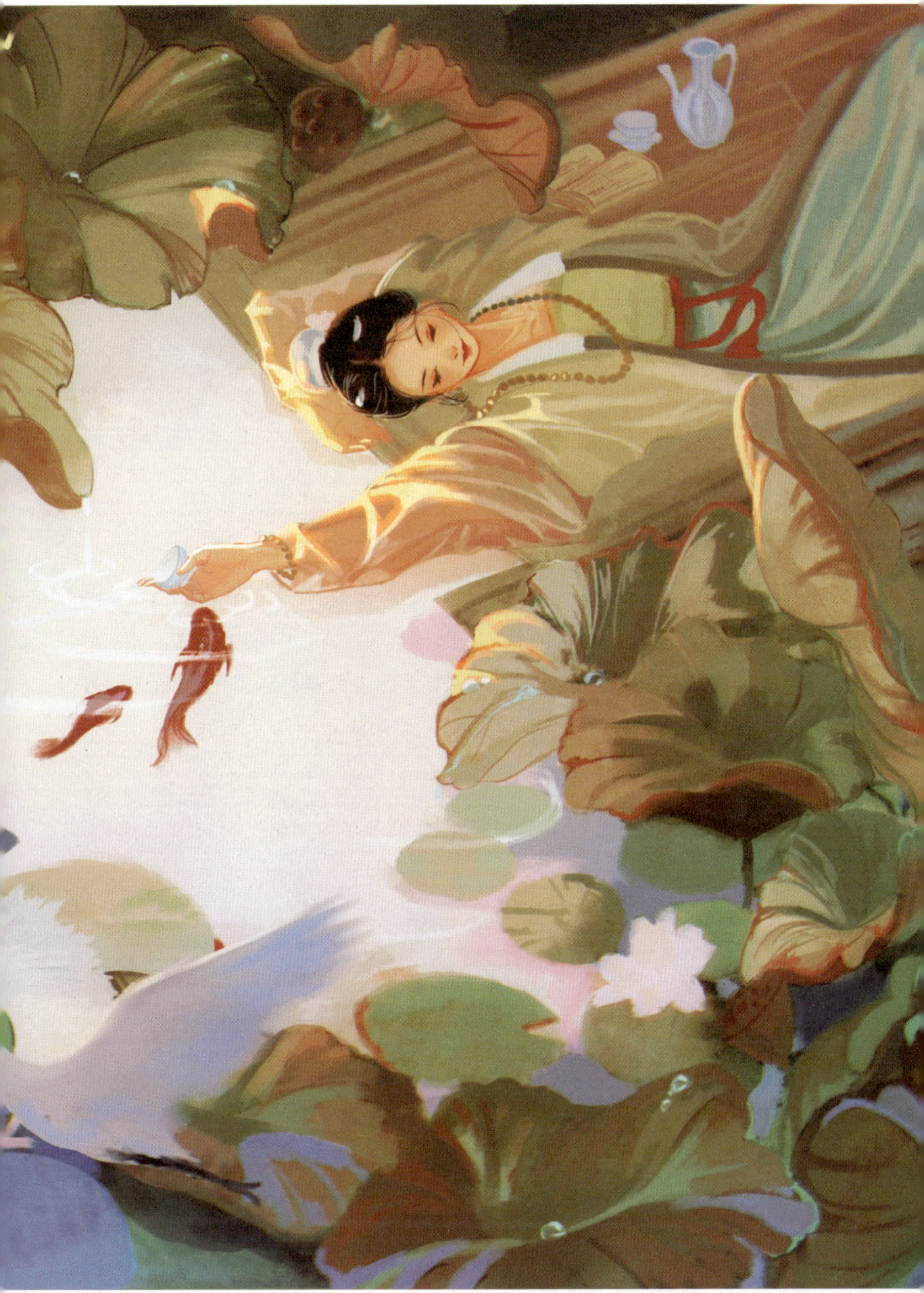

漱玉阁

1. 买扑制：把官营酒厂承包给有一定资本的商人，收缴一定数量的钱财作为酒税，酒厂一切事宜仍需在官方监管下进行。酒厂的官营本质没有改变，但管理相对宽松，销售范围也变得更广。

2.《东京梦华录》是北宋遗老孟元老的笔记体著作，创作于1127年。该著作追述北宋都城东京（又称汴京、汴梁，今河南开封）城市风俗人情，所记大多是宋徽宗崇宁（1102）到宣和（1125）年间的情况，描绘了这一历史时期居住在东京的上至王公贵族，下及庶民百姓的日常生活情景，是研究北宋都市社会生活、经济文化的一部重要的历史文献古籍，与张择端的《清明上河图》相得益彰，堪称文字版的《清明上河图》。

3."梁园歌舞足风流,美酒如刀解断愁。忆得少年多乐事,夜深灯火上樊楼。"出自宋代刘子翚的诗歌《汴京纪事二十首(其十七)》。刘子翚在诗中饱含深情地回想了过往的岁月和汴京的繁华。全诗及白话译文如下:

汴京纪事二十首(其十七)
刘子翚
梁园歌舞足风流,美酒如刀解断愁。
忆得少年多乐事,夜深灯火上樊楼。

梁园的歌舞是多么风流难忘。美酒如利刀,把无形的愁绪斩断、赶走。
少年时代有多少快乐的事情值得追忆。夜深时分,灯火之中,健步登上那著名的樊楼。

4."浊酒一杯家万里,燕然未勒归无计"出自宋代范仲淹的词作《渔家傲·秋思》,是词人任陕西经略副使兼延州知州时所作。全词及白话译文如下:

渔家傲·秋思

范仲淹

塞下秋来风景异，衡阳雁去无留意。四面边声连角起。千嶂里，长烟落日孤城闭。

浊酒一杯家万里，燕然未勒归无计。羌管悠悠霜满地。人不寐，将军白发征夫泪。

西北边塞的秋天和别处不同，大雁要飞回南方的衡阳去了，一点没有停留之意。黄昏时分，军中号角吹响，四面的边声也随之起来。崇山峻岭里，长烟落日，一座孤零零的城大门紧闭。

饮一杯浊酒，遥望万里之外的家园。战事未平，功名未立，回家的日子遥遥无期。羌笛的声音悠悠传来，秋霜落满地面。我睡不着，已是满头白发，戍边的将士也流下了思念亲人的眼泪。

5."醉里挑灯看剑，梦回吹角连营"出自宋代辛弃疾的词作《破阵子·为陈同甫赋壮词以寄之》，追忆了词人早年抗金的沙场生涯。全词及白话译文如下：

破阵子·为陈同甫赋壮词以寄之

辛弃疾

醉里挑灯看剑,梦回吹角连营。八百里分麾下炙,五十弦翻塞外声。沙场秋点兵。

马作的卢飞快,弓如霹雳弦惊。了却君王天下事,赢得生前身后名。可怜白发生!

喝醉了,把灯芯挑亮,抽出宝剑细看,梦里还萦绕着各个军营此起彼伏的军号声。把烤牛肉分赏给部下,乐器弹奏出悲壮粗犷的战歌,在战场上检阅军队。

马像的卢一样,跑得飞快。弓弦的响声像雷声一样轰鸣。帮助君王完成恢复中原的大事,去博得生前和死后都为国立功的名声。可惜的是,我已满头白发。

6."明月几时有,把酒问青天。不知天上宫阙,今夕是何年"出自宋代苏轼的词作《水调歌头·明月几时有》。此词作于宋神宗熙宁九年(1076)中秋,当时词人在密州(今山东诸城)。全词及白话译文如下:

水调歌头·明月几时有

苏轼

丙辰中秋，欢饮达旦，大醉，作此篇，兼怀子由。

明月几时有，把酒问青天。不知天上宫阙，今夕是何年。我欲乘风归去，又恐琼楼玉宇，高处不胜寒。起舞弄清影，何似在人间。

转朱阁，低绮户，照无眠。不应有恨，何事长向别时圆？人有悲欢离合，月有阴晴圆缺，此事古难全。但愿人长久，千里共婵娟。

丙辰年的中秋节，我高兴地喝酒喝到第二天早晨，喝得大醉，写了这首词，同时思念弟弟苏辙。

什么时候有过这么明亮的月亮？我举起酒杯问那茫茫苍穹。不知道天上的月宫里，现在是何年月？我想随着清风飞到月宫里去，只怕难以忍受那晶莹如玉的宫殿楼宇里的清寒。在月宫里翩翩起舞，哪里比得上在人间欢乐。

月光转过朱红色的楼阁，低低地照进雕花的窗户，照得我彻夜无眠。月亮呀，不应该同人有什么恩怨吧，为什么总在人们离别的时候才最圆？人世间有悲欢离合，月亮也有阴晴圆缺，这些事情从来就难以美满。只希望所有人能够平安健康，相隔千里，也能借一轮明月，心心相印。

7."莫笑农家腊酒浑，丰年留客足鸡豚"出自宋代陆游的诗歌《游山西村》。全诗及白话译文如下：

游山西村

陆游

莫笑农家腊酒浑，丰年留客足鸡豚。
山重水复疑无路，柳暗花明又一村。
箫鼓追随春社近，衣冠简朴古风存。
从今若许闲乘月，拄杖无时夜叩门。

不要笑话农民家腊月酿造的酒太浑，在丰收之年，待客的菜肴足够丰盛。

一座座山、一道道水阻隔着,怀疑前方无路可行,柳色暗淡,花朵明艳,眼前忽然又出现一个山村。

吹起箫,打起鼓,祈求丰收的春社日临近了,这里的穿着那么简朴,还保留着淳朴的古风。

从今以后,如果容许,趁月明之时外出去闲游,拄着拐杖,随时在夜里敲响村民的家门。

8.《诉衷情·夜来沉醉卸妆迟》是李清照的词作。全词及白话译文如下:

诉衷情·夜来沉醉卸妆迟

李清照

夜来沉醉卸妆迟,梅萼插残枝。酒醒熏破春睡,梦远不成归。

人悄悄,月依依,翠帘垂。更挼残蕊,更捻余香,更得些时。

昨夜喝得沉醉不醒,以至于卸妆迟了,发髻上还插着梅花的残枝。酒劲渐消,梅花的香气将我从春睡中熏醒，梦境太遥远，我不能回去。

夜寂静无声，明月多情，翠帘低垂。我不断揉搓残梅，来打发难熬的时光。

9.《如梦令·昨夜雨疏风骤》是李清照的词作。此词借宿醉酒醒后询问花事，委婉地表达了词人怜花惜花的心情。全词及白话译文如下：

如梦令·昨夜雨疏风骤

李清照

昨夜雨疏风骤，浓睡不消残酒。
试问卷帘人，却道海棠依旧。
知否？知否？应是绿肥红瘦。

昨夜雨点稀稀疏疏，风刮得急猛，我睡得太死了，但酒气还未消。

试着问卷帘子的人，昨晚的花怎么样了？她却回答我说，海棠花依旧像从前那样。

知道吗，知道吗？这个时节应该是绿叶更肥更大了，而海棠花却消瘦凋残了。

10."秋已尽，日犹长，仲宣怀远更凄凉。……"出自李清照的词作《鹧鸪天·寒日萧萧上琐窗》。这首词既有家国之痛，又有身世之叹。全词及白话译文如下：

鹧鸪天·寒日萧萧上琐窗
李清照
寒日萧萧上琐窗，梧桐应恨夜来霜。酒阑更喜团茶苦，梦断偏宜瑞脑香。

秋已尽，日犹长，仲宣怀远更凄凉。不如随分尊前醉，莫负东篱菊蕊黄。

冬日的太阳冷落萧瑟，阳光爬上镂刻着花纹的窗子，梧桐树也应该怨恨夜晚来袭的寒霜。酒喝尽后，更喜欢团茶的苦味。梦中醒来，更适宜嗅闻瑞脑那沁人心脾的香气。

秋天已经走到尽头，白昼依然漫长。王粲登高怀远，更显凄凉。不如继续喝酒,不要辜负了东篱边菊花的开放。

11."雪里已知春信至,寒梅点缀琼枝腻。……"出自李清照的词作《渔家傲·雪里已知春信至》。这是李清照现存近十首咏梅词中最早创作的词之一,全篇洋溢着欢愉和自矜自得的情绪。全词及白话译文如下:

渔家傲·雪里已知春信至
李清照
雪里已知春信至,寒梅点缀琼枝腻。香脸半开娇旖旎,当庭际,玉人浴出新妆洗。
造化可能偏有意,故教明月玲珑地。共赏金尊沉绿蚁,莫辞醉,此花不与群花比。

雪里带来春天的消息,寒梅点缀其间,雪使清瘦的梅枝变得丰盈。它们香脸半露,柔和美好,在庭院里站着,就像美人洗浴后露出的新妆。
天地造化可能偏偏故意,让明月照着这块地方更显清晰、明亮。我们一边欣赏它，一边饮酒，不要推辞说自己醉了，群花哪能和它相提并论。

12."香冷金猊，被翻红浪，起来慵自梳头。……"出自李清照的词作《凤凰台上忆吹箫·香冷金猊》。这首长调是李清照抒写离愁的名篇之一。全词及白话译文如下：

凤凰台上忆吹箫·香冷金猊

李清照

香冷金猊，被翻红浪，起来慵自梳头。任宝奁尘满，日上帘钩。生怕离怀别苦，多少事、欲说还休。新来瘦，非干病酒，不是悲秋。

休休，这回去也，千万遍阳关，也则难留。念武陵人远，烟锁秦楼。惟有楼前流水，应念我、终日凝眸。凝眸处，从今又添，一段新愁。

狮子形状的金属香炉里的香已经燃尽，被子掀开，散乱如波浪起伏。起床后，慵懒得头也不梳。任凭贵重的首饰盒上落满尘土,太阳爬得老高。非常害怕离别之苦,多少事情,想说却说不出口。近来这么消瘦,不是因为喝酒,也不是因为悲哀秋天的来到。

算了,算了,这回去了,唱千万遍《阳关曲》也没办法将他挽留。想着离家的人越来越远,在这寂寞的秦楼,四周被一片烟雾笼罩。只有楼前的流水,应该记得我,终日在这里眺望。这眺望的地方,从今以后,又增加了一段新的忧愁。

13. "故乡何处是?忘了除非醉。沉水卧时烧,香消酒未消。"出自李清照的词作《菩萨蛮·风柔日薄春犹早》。这应是作者南渡以后的作品。全词及白话译文如下:

菩萨蛮·风柔日薄春犹早

李清照

风柔日薄春犹早,夹衫乍著心情好。睡起觉微寒,梅花鬓上残。

故乡何处是?忘了除非醉。沉水卧时烧,香消酒未消。

东风轻柔,天气转暖,阳光轻薄,正是早春时分。换上春装,心情正好。一觉醒来,略感微寒,插在鬓发上的梅花已凋落了。

哪里是故乡呢?除非喝醉了,才能忘记。睡卧时点的沉水香已经燃尽,人还在沉醉之中。

14.《铁围山丛谈》是宋朝蔡绦流放白州(今属广西玉林)时追忆往事及记眼前所见的笔记。蔡绦,著名权相蔡京的幼子。铁围山,位于今广西玉林西北,古称铁城。

15.祐陵,即永祐陵,宋徽宗赵佶的陵墓。

16.《议茶法》由王安石撰写,是宋代茶法专论。

17.《大观茶论》,原名《茶论》,为宋徽宗赵佶所著的关于茶的专论,因成书于大观元年(1107),

故后人称之为《大观茶论》。全书共二十篇，对北宋时期蒸青团茶产地、采制、烹试、品质、斗茶风尚等均有详细记述。

18. 细君，妻子的代称。

19.《摊破浣溪沙·病起萧萧两鬓华》是李清照生病后所创作的词作。全词及白话译文如下：

摊破浣溪沙·病起萧萧两鬓华
李清照
　　病起萧萧两鬓华，卧看残月上窗纱。豆蔻连梢煎熟水，莫分茶。
　　枕上诗书闲处好，门前风景雨来佳。终日向人多酝藉，木犀花。

　　大病未愈，两鬓斑白，卧看残缺的月亮爬上纱窗。煎豆蔻熟水，来做药引，至于"分茶"这种雅事，就暂时无缘了。

靠在枕上看书，感到闲适的好处。门前的风景因为有雨，反而更显美好。整日陪伴我的，只有那深沉含蓄的桂花。

20."谁念西风独自凉？萧萧黄叶闭疏窗。……"出自清代词人纳兰性德的词作《浣溪沙·谁念西风独自凉》，写一个孤独的人对往事的追念。全词及白话译文如下：

浣溪沙·谁念西风独自凉

纳兰性德

谁念西风独自凉？萧萧黄叶闭疏窗。沉思往事立残阳。

被酒莫惊春睡重，赌书消得泼茶香。当时只道是寻常。

谁顾念我独自在西风中感受着寒凉？枯黄的树叶在风中萧萧作响，窗户都关闭了。站在残阳下，沉思往事使人哀伤。

她喝醉了酒，在春天里沉睡。我们两人也曾赌谁对书里的出典记得多、记得牢，也总是笑得把杯中的茶泼洒出来。这些乐趣，我当时以为，都是再平常不过的小事。

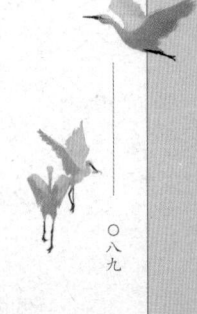

为你
读诗

THE POEM FOR YOU

第四章 花伴一生：年年雪里，常插梅花醉

李清照对外界有着超出一般人的敏感，从她对花的观照中可见一斑。

昨夜雨疏风骤，浓睡不消残酒。
试问卷帘人，却道海棠依旧。
知否？知否？应是绿肥红瘦。

卷帘的侍女没有发现海棠花的变化，醉意未消的李清照却不用看窗外就知道，花一定饱受摧残。

在别人认为，花年年开，可常常看的时候，李清照却觉得，花开一天意味着距离花落又近了一日，更应格外珍惜此时此刻。

红酥肯放琼苞碎,探著南枝开遍未。不知酝藉几多香,但见包藏无限意。

道人憔悴春窗底,闷损阑干愁不倚。要来小酌便来休,未必明朝风不起。[1]

喜欢花,也因为害怕看不到花,李清照对花的感情投入超出常人。在宋朝,无数人都为花沉醉过。

在宋朝的街上,总有卖花的人撩动爱花人的情思。宋人孟元老曾在《东京梦华录》里深情地回忆起东京城内卖花人的叫卖声:"是月季春,万花烂熳,牡丹、芍药、棣棠、木香,种种上市,卖花者以马头竹篮铺排,歌叫之声,清奇可听。晴帘静院,晓幕高楼,宿酒未醒,好梦初觉,闻之莫不新愁易感,幽恨悬生,最一时之佳况。"

宋代词人蒋捷[2]也想念它,写下一首词《昭君怨·卖花人》,文字直白却引人神往:"担子挑春虽小,白白红红都好。卖过巷东家,巷西家。帘外一声声叫,帘里鸦鬟入报。问道买梅花?买桃花?"[3]

荷叶金耳环

不管北宋还是南宋，不管金兵的铁蹄肆虐到哪里，卖花人的叫声都不曾断绝，那是宋朝人记忆深处的声音，是宋人的风雅。

在一本介绍南宋都城临安城市风貌的书《梦粱录》[4]中，同样记载了这种声音："春光将暮，百花尽开，如牡丹、芍药、棣棠、木香、酴醿、蔷薇、金纱、玉绣球、小牡丹、海棠、锦李、徘徊、月季、粉团、杜鹃、宝相、千叶桃、绯桃、香梅、紫笑、长春、紫荆、金雀儿、笑靥、香兰、水仙、映山红等花，种种奇绝。卖花者以马头竹篮盛之，歌叫于市，买者纷然。"

在南宋诗人陆游的《临安春雨初霁》[5]里，宋朝人的卖花记忆再次被形象化了："小楼一夜听春雨，深巷明朝卖杏花。"这两句诗后来变得妇孺皆知。

花香随着春雨，随着卖花人的叫卖声，在深巷里流淌。一整个春天，都在卖花人的担子上开放。

在春天，李清照也被撩拨起来，她在《减字木兰花·卖花担上》里写道：

卖花担上，买得一枝春欲放。泪染轻匀，犹带彤霞晓露痕。

怕郎猜道，奴面不如花面好。云鬓斜簪，徒要教郎比并看。

"云鬓斜簪"，是一个有趣的细节。和李清照一样，宋朝的女人都爱把花插在头上，娇艳生动，美不胜收。其实，在宋代，簪花是普遍的现象，不论年龄、性别、身份、阶层、贫富，人人都爱簪花。

因为爱花，宋朝人热爱春天，一到春天，就会举办盛大的花朝节。花朝节古已有之，是为了庆祝百花生日而设，但它在民间真正得以推广，是在唐宋。尤其在宋朝，花朝节的内容变得更为丰富，真正成为社会各阶层普遍参与的盛会。南宋吴自牧所著的《梦粱录》中，有记载："仲春十五日为花朝节，浙间风俗，以为春序正中，百花争放之时，最堪游赏。"

簪花首选真花，但真花具有节令性，同时不易保存。后来，有人开始制作假花、干花，富贵人家也不满足于自然界的花朵，以金银珠宝等仿制假花作为发饰，人造花的应用日益广泛。

在宋朝，簪花甚至成为宫廷礼仪的一部分。据《宋史·舆服志》记载："幞头簪花，谓之簪戴。中兴，郊祀、明堂礼毕回銮，臣僚及扈从并簪花，恭谢日亦如之。大罗花以红、黄、银红三色，栾枝以杂色罗，大绢花以红、银红二色。罗花以赐百官，栾枝，卿监以上有之；绢花以赐将校以下。太上两宫上寿毕，及圣节、及锡宴、及赐新进士闻喜宴，并如之。"

文中的"大罗花""栾枝""大绢花"，都并非真实的花朵，而是绢制的仿制花朵。它被朝廷在各种重大礼仪节庆的场合，作为赏赐给到各级官员。于是，上行下效，从宫廷到民间，绢花得到空前的发展，人造花也得到像真花一样同等的推崇。

不过，人们还是更爱出门去邂逅那些真实的花朵。

《东京梦华录》里说："大抵都城左近，皆是园囿，百里之内，并无闲地。"春天一到，城内居民争先走出

青玉蓮花冠

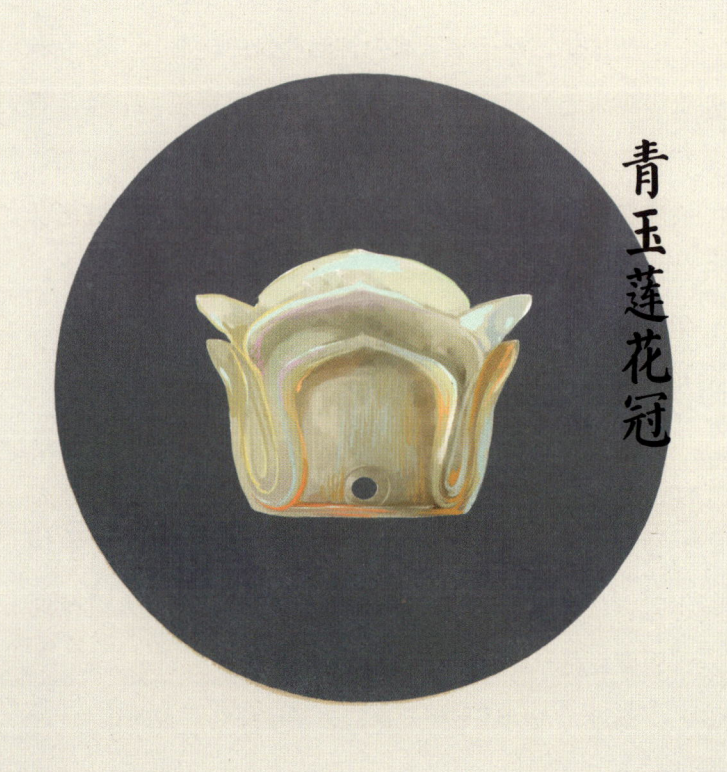

家门踏春赏花，从城南到城北，从城东到城西，从城里到城外，无论是皇家御苑还是私家园林，无论是官署园林还是道观寺庙，无论是名胜古迹还是荒村野外，到处都是花，到处都是看花人。

李清照的父亲李格非，写过一篇著名的《洛阳名园记》，文中记述了洛阳十九处名园的历史变迁、亭榭布置，以及各种花木的体性。这可以作为宋朝人游园赏花的最佳参考读物。

父亲李格非也一定深深影响了女儿。在李清照留存不多的词里，"花"是出现最多的意象之一。读李清照的《多丽·咏白菊》[6]会感叹，一个不爱花的人绝对写不出这么细致入微的词：

小楼寒，夜长帘幕低垂。恨萧萧、无情风雨，夜来揉损琼肌。也不似、贵妃醉脸，也不似、孙寿愁眉。韩令偷香，徐娘傅粉，莫将比拟未新奇。细看取，屈平陶令，风韵正相宜。微风起，清芬酝藉，不减酴醿。

渐秋阑、雪清玉瘦，向人无限依依。似愁凝、汉皋

解佩,似泪洒、纨扇题诗。朗月清风,浓烟暗雨,天教憔悴度芳姿。纵爱惜、不知从此,留得几多时。人情好,何须更忆,泽畔东篱。

在唐宋之前,是屈原和陶渊明给菊花注入了丰富的文化内涵。屈原在《九歌·礼魂》[7]中咏叹:"春兰兮秋菊,长无绝兮终古。"陶渊明在《饮酒(其五)》[8]里歌道:"采菊东篱下,悠然见南山。"如今,李清照为菊花注入了新的内涵。菊花不再只出现于男性文人笔下,它可以开在东篱,开在泽畔,也可以开在女子的闺阁和绣楼。

为了赏花,李清照常和朋友乘车游遍"东城""南陌"。她们还到御花园,去观赏那几枝先期开放的名贵花朵。白天游览,晚上皇宫中设宴招待,她们个个喝得酩酊大醉,玉山倾倒,从黄昏直到深夜,玩得好不快活:

禁幄低张,雕栏巧护,就中独占残春。容华淡伫,绰约俱见天真。待得群花过后,一番风露晓妆新。妖娆艳态,妒风笑月,长殢东君。

东城边,南陌上,正日烘池馆,竞走香轮。绮筵散日,谁人可继芳尘?更好明光宫殿,几枝先近日边匀。金尊倒,拼了尽烛,不管黄昏。⁹

这是一首见花不见花名的咏物词。"禁幄低张,雕栏巧护",帷幕低低地为它遮蔽烈日,红色的栏杆工巧地围护着它,可见此花之娇贵;"更好明光宫殿,几枝先近日边匀","明光宫"是汉代宫殿名,这里很可能借指北宋汴京的宫殿。这花生于宫廷之中,普通人无法随意窥见,集万千宠爱于一身。

到底是什么花,使得李清照和朋友们"金尊倒,拼了尽烛,不管黄昏"?虽然是日落黄昏时分,李清照和朋友们还在尽兴玩赏。

这,很可能就是牡丹。

唐朝人最爱牡丹,所以刘禹锡写:"唯有牡丹真国色,花开时节动京城。"¹⁰李白也以牡丹比拟杨贵妃的美:"名花倾国两相欢,常得君王带笑看。解释春风无限恨,沉香亭北倚阑干。"¹¹

到了宋朝，人们对牡丹的热爱也没有衰减。尤其是洛阳的牡丹，被无数的文人继续书写着。"洛阳地脉花最宜，牡丹尤为天下奇。"在洛阳当官时，欧阳修很喜欢牡丹，他遍访民间，将洛阳牡丹的栽培历史、种植技术、品种、花期及赏花习俗等做了详尽总结，撰写出现存最早的牡丹专著——《洛阳牡丹记》[12]。

《洛阳名园记》[13]里列举了洛阳很多名园，其中，"天王院花园子"就是个牡丹园。"凡园皆植牡丹，而独名此曰'花园子'。盖无他池亭，独有牡丹数十万本。凡城中赖花以生者，毕家于此。至花时，张幕幄，列市肆，管弦其中。城中士女，绝烟火游之。"洛阳城中的男女连饭菜都不做了，倾家出动去看牡丹，这场景真是让人心生向往啊！

南宋张邦基所著的《墨庄漫录》[14]也曾写道："西京牡丹闻于天下，花盛时，太守作万花会。宴集之所，以花为屏帐。至于梁栋柱栱，悉以竹筒贮水，插花钉挂，举目皆花也。"到了牡丹盛开时节，洛阳被装点得到处都是牡丹，不愧为牡丹之都。

磁州窑白地黑花开光鱼纹梅瓶

宋人喜爱牡丹，但宋人更爱的，其实是梅花。

北宋诗人林逋是爱梅的代表，他隐居西湖孤山，种梅养鹤，不仕不娶，人称"梅妻鹤子"。他在诗坛以咏梅驰名，尤其《山园小梅》[15]中一句"疏影横斜水清浅，暗香浮动月黄昏"，流传千古。

梅花屡屡出现在北宋文豪苏轼的诗词中，他被贬惠州时写了一首《西江月·梅花》[16]被许多人称道："玉骨那愁瘴雾，冰姿自有仙风。海仙时遣探芳丛，倒挂绿毛幺凤。素面翻嫌粉涴，洗妆不褪唇红。高情已逐晓云空，不与梨花同梦。"

南宋诗人陆游也爱梅花，他七十八岁时所作的《梅花绝句二首（其二）》中说道："何方可化身千亿，一树梅前一放翁。"[17]他想分出千亿个化身，守候在每一棵梅树旁，真是浪漫，真是多情啊！他还有一首更广为流传的《卜算子·咏梅》[18]："驿外断桥边，寂寞开无主。已是黄昏独自愁，更著风和雨。无意苦争春，一任群芳妒。零落成泥碾作尘，只有香如故。"

相比牡丹，梅花更遗世独立，它坚忍、卓绝，是高洁人格的象征。正是凭借这，梅花打动了宋朝人，成为他们现实生活和理想人格的投影。他们会在被放逐的时候，想起梅花；在逃亡的时候，想起梅花；在人生和国家遭遇困境的时候，想起梅花……而在李清照流传下来的不多的几十首词中，有很多都是吟咏梅花的。

年轻时，她就在自己家的庭院里种了梅花，好日日都能看到它。她把它写在词里：

小阁藏春，闲窗锁昼，画堂无限深幽。篆香烧尽，日影下帘钩。手种江梅渐好，又何必、临水登楼。无人到，寂寥浑似，何逊在扬州。

从来知韵胜，难堪雨藉，不耐风揉。更谁家横笛，吹动浓愁。莫恨香消雪减，须信道、迹扫情留。难言处，良宵淡月，疏影尚风流。[19]

即使梅花已经备受摧残，即使谁家的横笛吹动一片深愁，李清照也觉得那梅花值得观看，因为情意常在。

不过在李清照看来,梅花最好看的时候,还是在雪里,含苞初绽之际:

　　雪里已知春信至,寒梅点缀琼枝腻。香脸半开娇旖旎,当庭际,玉人浴出新妆洗。
　　造化可能偏有意,故教明月玲珑地。共赏金尊沉绿蚁,莫辞醉,此花不与群花比。

　　但靖康之变后,再也没有这样的时刻了。人在时代的风暴中,像梅花一样被揉碎。南渡后的李清照,曾写下这样一首词:

　　年年雪里,常插梅花醉。挼尽梅花无好意,赢得满衣清泪。
　　今年海角天涯,萧萧两鬓生华。看取晚来风势,故应难看梅花。[20]

　　在北宋,北方还不常见梅花。按说到了南方,梅花品种更多，颜色更丰富，更值得观赏。但曾经那么爱梅花、把梅花作为饰物插在自己秀发上的李清照，如今亲手把梅花揉搓得粉碎。而她又为什么流泪呢？她曾经在梅花下沉醉，不忍离去；如今却要离开它，去躲避风雨。

李清照再也不是年轻时的李清照，她也再看不到年轻时的梅花。留在北方家中的那株亲手种植的梅花怎么样了？李清照大概还会在现实和梦境中想起。但即使想起，也已经顾不上了。

赵明诚去世后，晚年的李清照写了另一首咏梅词：

藤床纸帐朝眠起，说不尽，无佳思。沉香断续玉炉寒，伴我情怀如水。笛声三弄，梅心惊破，多少春情意。

小风疏雨萧萧地，又催下，千行泪。吹箫人去玉楼空，肠断与谁同倚。一枝折得，人间天上，没个人堪寄。[21]

有学者认为，这不是李清照那种单纯咏物的咏梅词，而是一首写给丈夫赵明诚的悼亡词。而她，"更是第一个将梅引入悼亡词"的女作家、女词人（陈祖美语）。

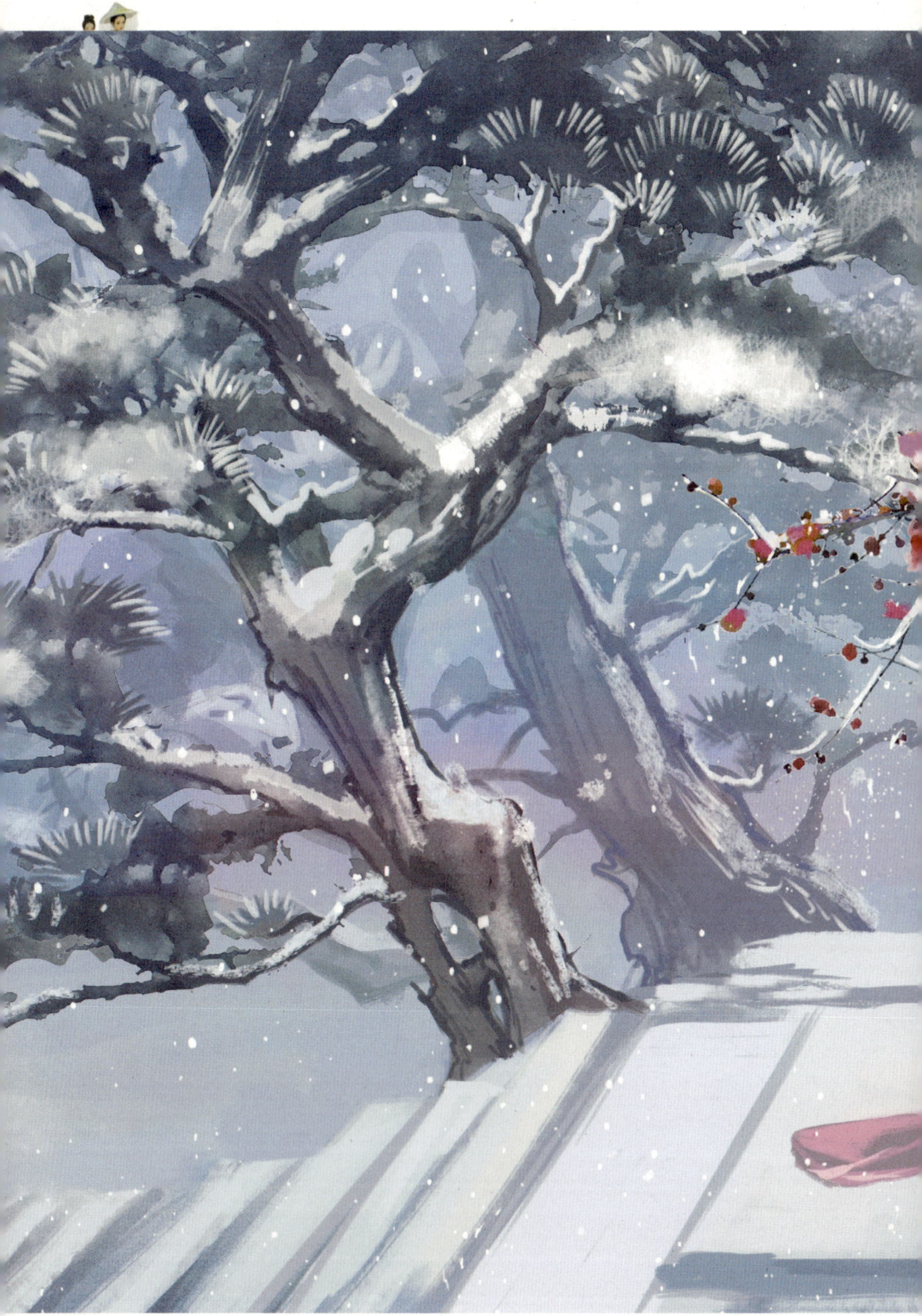

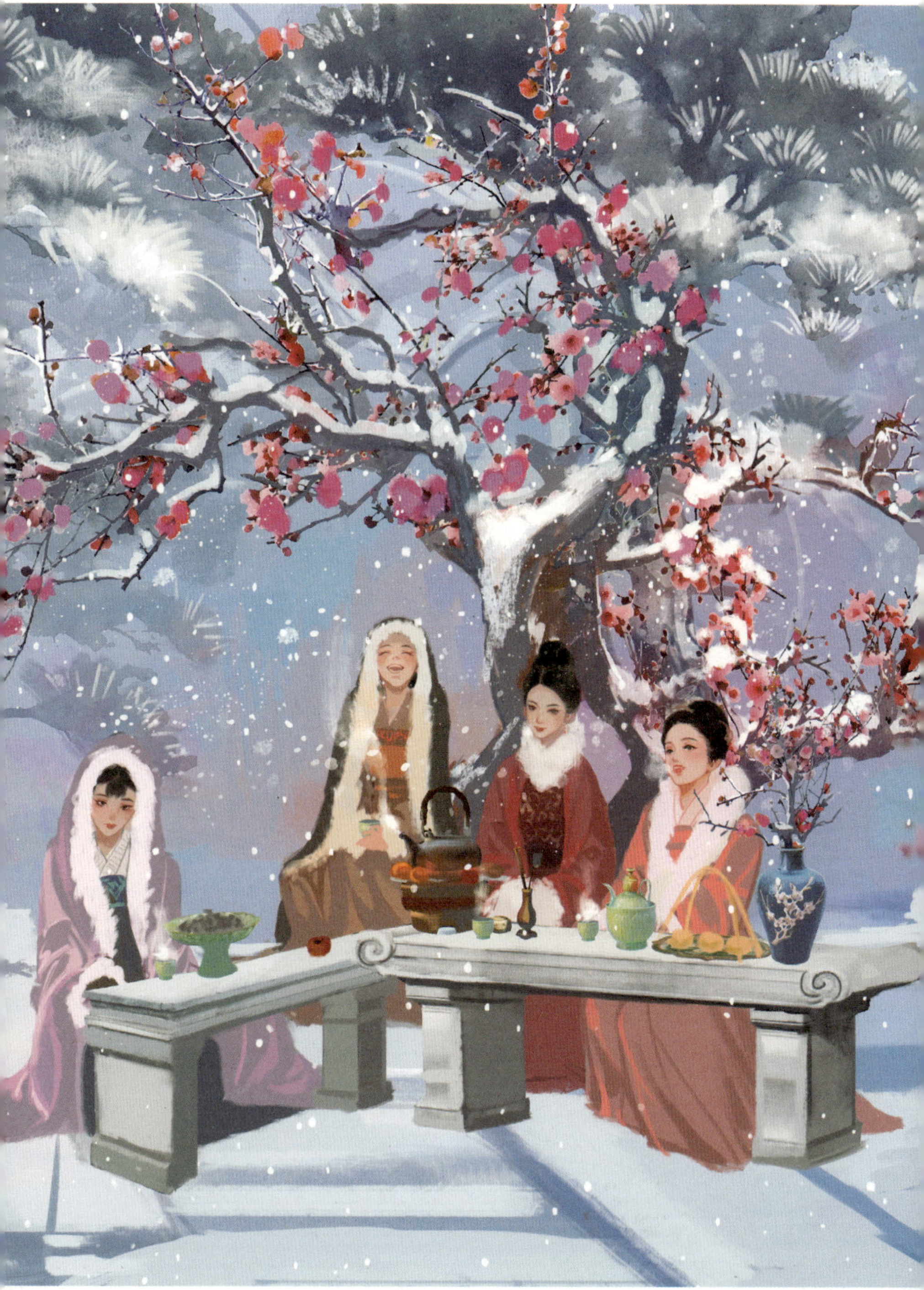

我们发现，越来越难把南渡之后的李清照和她词里吟咏的梅花截然分开。她就像古罗马诗人奥维德《变形记》里的一些主人公，因为某种突然的巨变，化作了另外的形状，比如一株梅花。

在这首《孤雁儿·藤床纸帐朝眠起》中，被笛声惊破身心的，到底是梅花还是李清照？而折下来，寄给某个人的，到底是李清照自己还是真的梅花？我们无从知晓。

"国家不幸诗家幸"，李清照在人生后半阶段的咏梅词的确比她在人生前半段写得更感人，更富有魅力。和许多女子一样，李清照会为爱人的永远离去而悲恸欲绝，不能自拔。但也因为情感的丰富和博大，我们在李清照的词里看到了她和许多女性判若云泥的形象。

比如，李清照在《小重山·春到长门春草青》[22]中描述的：

春到长门春草青，江梅些子破，未开匀。碧云笼碾玉成尘，留晓梦，惊破一瓯春。

花影压重门，疏帘铺淡月，好黄昏。二年三度负东君，归来也，着意过今春。

鎏金鏨花舍利銀塔

"春到长门春草青"中"长门"之典,出于汉朝。

据说,汉武帝的姑母有一个女儿叫阿娇。一天姑母和年幼的汉武帝开玩笑说:"等你长大了,就把阿娇嫁给你好不好?"汉武帝回道:"如果阿娇嫁我,我当以金屋藏之。"后来阿娇果然做了皇后。可是后宫佳丽三千,皇帝转眼间就宠爱别的女子,而将当年要金屋藏之的阿娇冷落了,让她住在不能蒙受宠幸的长门宫。阿娇则请当时颇有文学才能的司马相如[23]为她写了一篇《长门赋》,希望以此打动皇帝,唤起旧情。

李清照将自己的居处比作长门,意在表明丈夫离家后自己沉入无尽的孤寂中。较之阿娇,她此时虽非被弃,却同是幽居。尽管如此,李清照注意到,眼前是那么的可爱和可喜——梅花含苞待放,不久将变得更加美丽。碾碎的茶粉仿佛玉一样晶莹;清晨好梦,需要茶来解困。"留晓梦,惊破一瓯春",这是怎样的春茶,怎样的春梦?春天的一切美好之物,似乎都含在面前这一瓯春茶里了。

同样是一个人,同样是爱人不在身边,同样幽居在屋内,但春天的美景仍然让李清照感受到了,"花影压重门,疏帘铺淡月,好黄昏",层层花影掩映着重重的门户,疏疏的帘幕透进淡淡的月影,多么美好的黄昏。

这一次,李清照没有抱怨,没有痛苦,她知道自己曾经辜负了东君[24],如今不会再辜负它了。

东君归来,春神归来!

她和一株梅花彼此守望,在永恒的时间之流里。

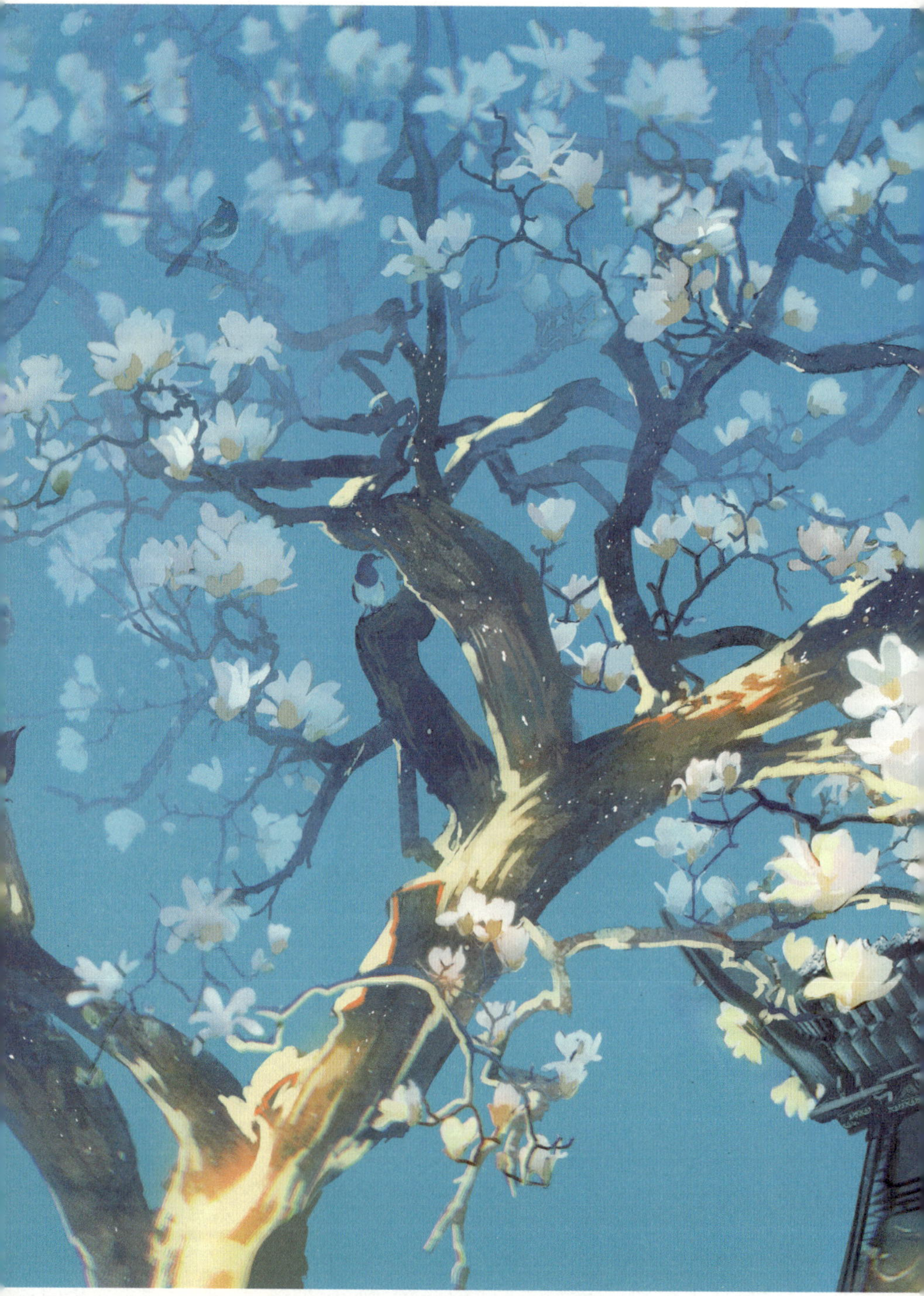

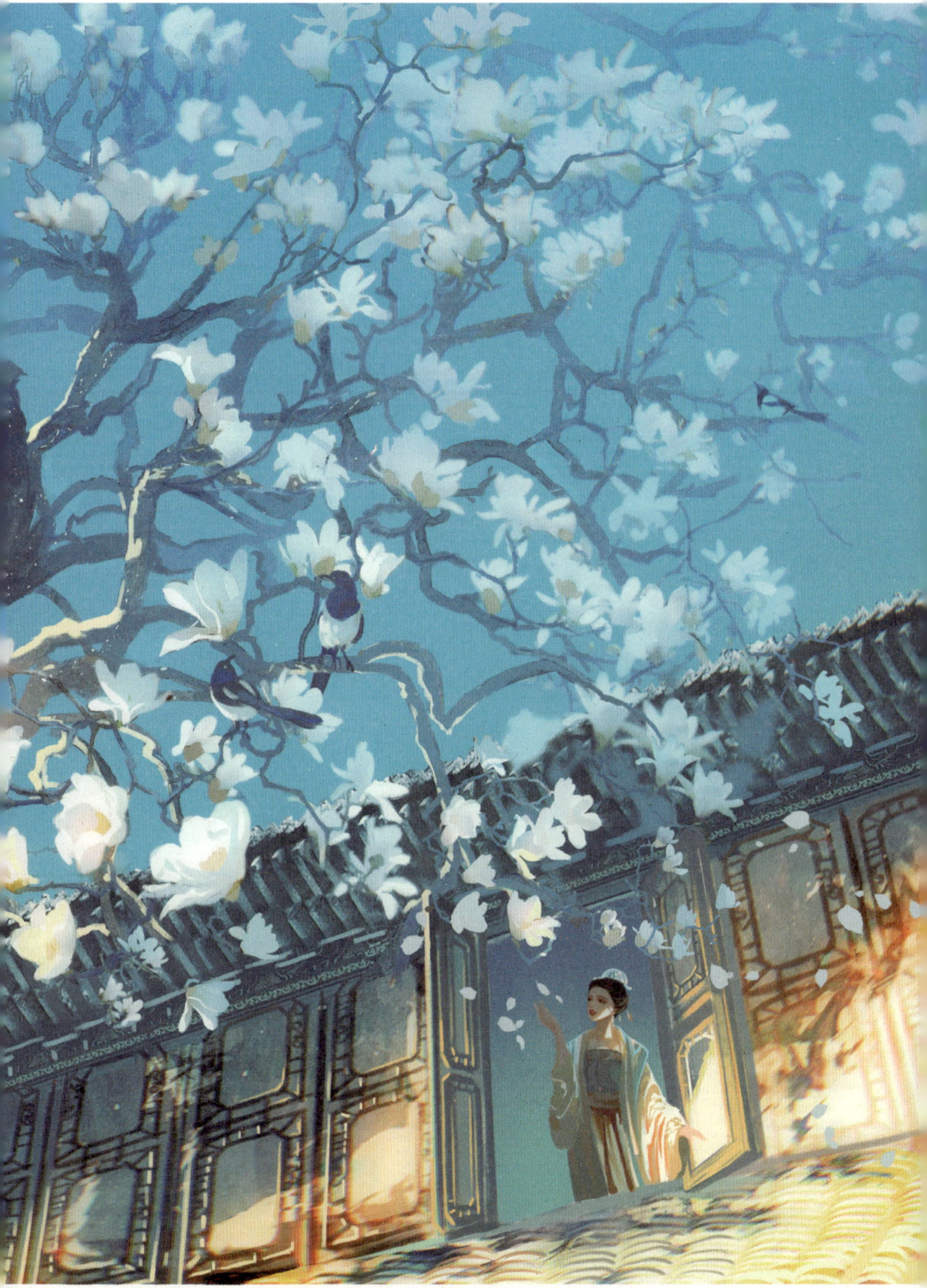

漱玉阁

1. "红酥肯放琼苞碎,探著南枝开遍未。……"出自李清照的词作《玉楼春·红酥肯放琼苞碎》。全词及白话译文如下:

玉楼春·红酥肯放琼苞碎

李清照

红酥肯放琼苞碎,探著南枝开遍未。不知酝藉几多香,但见包藏无限意。

道人憔悴春窗底,闷损阑干愁不倚。要来小酌便来休,未必明朝风不起。

红梅在刹那间,从花苞里绽放出笑脸,试探地问向阳的梅枝,你的花朵都开遍了吗?它不知酝酿了多少的芳香,但一定包藏了无限的春意。

春天，有人在窗户底下形容憔悴，苦闷发愁，连栏杆都不倚靠。你要来饮酒就来吧，等到明天，说不定就要起风了。

2.蒋捷（约1245—1305后），号竹山，南宋词人，宋末元初常州阳羡（今江苏宜兴）人。先世为宜兴大族，南宋咸淳十年（1274）进士。南宋覆灭，隐居不仕，人称"樱桃进士"。长于词，有《竹山词》传世，与周密、王沂孙、张炎并称"宋末四大家"。

3."担子挑春虽小，白白红红都好。卖过巷东家，巷西家。……"出自宋代蒋捷的词作《昭君怨·卖花人》。全词及白话译文如下：

昭君怨·卖花人

蒋捷

担子挑春虽小，白白红红都好。卖过巷东家，巷西家。帘外一声声叫，帘里鸦鬟入报。问道买梅花？买桃花？

担子虽小，挑着整个春天，白色、红色的花都好看。卖过巷子东边的人家，也卖过巷子西边的人家。

一声声卖花的声音从帘外传来，帘子里的丫鬟禀报询问说："买梅花好，还是买桃花好？"

4.《梦粱录》是宋代吴自牧所著的笔记，共二十卷，主要介绍南宋都城临安城市风貌。据自序"时异事殊""缅怀往事，殆犹梦也"之语推断，其创作于元军攻陷临安之后。书中若干资料，可以弥补正史、地方志之不足，使后人了解南宋临安的繁华景象。

5.《临安春雨初霁》是陆游创作的诗歌。全诗及白话译文如下：

临安春雨初霁

陆游

世味年来薄似纱，谁令骑马客京华。
小楼一夜听春雨，深巷明朝卖杏花。
矮纸斜行闲作草，晴窗细乳戏分茶。

素衣莫起风尘叹,犹及清明可到家。

世态人情如今越来越淡薄,就像半透明的纱,谁让我骑马来到京城,作客在这繁华之地?

在小楼里听了一夜春雨,次日早晨,深幽的巷子里有人在叫卖杏花。

闲极无聊,铺开小纸,写写草书。晴日窗前,品鉴清茶。

不必担心京城的尘土弄脏我洁白的衣服,到了清明时节,我就可以回到山阴的老家。

6.《多丽·咏白菊》是李清照的词作。全词及白话译文如下:

多丽·咏白菊

李清照

小楼寒,夜长帘幕低垂。恨萧萧、无情风雨,夜来揉损琼肌。也不似、贵妃醉脸,也不似、孙寿愁眉。韩令偷香,徐娘傅粉,莫将比拟未新奇。细看取,屈平陶令，风韵正相宜。微风起，清芬酝藉，不减酴醾。

渐秋阑、雪清玉瘦，向人无限依依。似愁凝、汉皋解佩，似泪洒、纨扇题诗。朗月清风，浓烟暗雨，天教憔悴度芳姿。纵爱惜，不知从此，留得几多时。人情好，何须更忆，泽畔东篱。

小楼寒冷，长夜里，帘幕低垂着。可恨那萧萧飒飒的无情风雨，一夜搓揉，将白菊琼玉般雪白的肌肤损伤。白菊不似杨贵妃娇艳的醉容，也不似孙寿愁眉的媚态。韩令偷香，徐娘傅粉，他们的行径都不能与白菊相比。仔细看来，屈原和陶渊明这两人的风度神韵，才正和白菊的气质相符。微风吹起，白菊的清新芬芳，一点也不比荼蘼花逊色。

逐渐秋已深了，白菊像雪一样清白，像玉一样坚瘦，对人有无限的深情。她似乎是郑交甫在汉江上遇到的凝聚愁情，把佩玉相赠的汉皋神女。她又似乎是遭到冷遇而落泪神伤，在纨扇上题诗表达悲哀的班婕妤。有时候是朗月清风，有时候是浓烟暗雨，上天让她在日渐憔悴中把自己美妙的姿容磨损。纵然我倍加爱惜，也不知从此以后，那美好的姿容还能留多久？如果人人都懂得欣赏和爱惜，何必再去追忆和强调那沿江边行吟、面容憔悴的屈原，以及那采菊东篱下的陶渊明有多爱菊呢？

7.《九歌·礼魂》是战国时期楚国诗人屈原的诗歌，为《九歌》之末篇。学术界一般认为，这是《九歌》的尾声，是祭祀之礼将结束时的送神曲，因所送的神中有天地神也有人鬼，所以不称"礼神"而称"礼魂"。也有人认为，此篇为《国殇》之乱辞。全诗及白话译文如下：

九歌·礼魂

屈原

成礼兮会鼓，传芭兮代舞，姱女倡兮容与。
春兰兮秋菊，长无绝兮终古。

祭祀的礼仪已经完毕，鼓声齐鸣。
传递手中的花朵，交替舞蹈。
美好的巫女从容地歌唱。
春天有兰花，秋天有菊花，祭祀永远不会断绝。

8.《饮酒（其五）》是东晋陶渊明的诗歌。全诗及白话译文如下：

饮酒（其五）

陶渊明

结庐在人境，而无车马喧。
问君何能尔？心远地自偏。
采菊东篱下，悠然见南山。
山气日夕佳，飞鸟相与还。
此中有真意，欲辨已忘言。

在喧嚣扰攘的尘世结庐而居，却感觉不到车马的喧嚣。

我为什么能够这样？只要心远离世俗，所处之处在哪里都无所谓。

在东篱下采摘菊花，悠然间，那西山便映入眼帘。

山间的云气到了傍晚，景致更佳，飞鸟一只只结伴而还。

这里面蕴含着真正的人生意义，我想要辨明，却不知如何表达。

9.《庆清朝慢》是李清照的词作。全词及白话译文如下：

庆清朝慢·禁幄低张
李清照

禁幄低张，雕栏巧护，就中独占残春。容华淡伫，绰约俱见天真。待得群花过后，一番风露晓妆新。妖娆艳态，妒风笑月，长殢东君。

东城边，南陌上，正日烘池馆，竞走香轮。绮筵散日，谁人可继芳尘？更好明光宫殿，几枝先近日边匀。金尊倒，拼了尽烛，不管黄昏。

宫禁中护花的帷幕低垂，华美的栏杆工巧地保护它，使得它独占剩下的春天。它素淡地站立着，姿态柔美，清新自然。等到群花开过以后，经过一番风雨的洗涤，它又是一副新装。它妖娆、艳丽的样子，惹得春风嫉妒，使得明月绽开笑脸，也长久地把春天留住。

东城边，南陌上，亭台池馆被太阳照耀得暖烘烘的。人们竞相奔走，观赏牡丹，车水马龙，川流不息。在这盛宴结束之后，又有谁可以像它一样，散发出诱人的芳香？最迷人的是，在这明光宫苑内，有几朵向阳的牡丹依然匀称地开放着。日夜宴饮，喝得杯盘狼藉，尽情地赏花，不管黄昏是否来到，直到灯烛燃尽。

10．"唯有牡丹真国色，花开时节动京城。"出自唐代刘禹锡的诗歌《赏牡丹》。全诗及白话译文如下：

赏牡丹

刘禹锡

庭前芍药妖无格，池上芙蕖净少情。

唯有牡丹真国色，花开时节动京城。

庭前的芍药妖娆，但没有格调；池塘里的荷花清雅洁净，却缺少情韵。

只有牡丹才是真正的天香国色，一到开花时节，整个京城为之惊动，都来看它。

11．"名花倾国两相欢，常得君王带笑看。解释春风无限恨，沉香亭北倚阑干。"出自唐代李白的诗歌《清平调（其三）》。全诗及白话译文如下：

清平调（其三）
李白
名花倾国两相欢，常得君王带笑看。
解释春风无限恨，沉香亭北倚阑干。

名花和倾国倾城的绝色美人相得益彰，她们常使得君王微笑着欣赏。

君王无限的春愁和怨恨在此时消散，他倚靠在沉香亭北的栏杆前。

12.《洛阳牡丹记》是宋代欧阳修的散文作品。观赏类植物谱录的创作盛行于宋代，《洛阳牡丹记》即为物证之一。宋代观赏类植物谱录，从内容上大致可以分为两类：一类专记某一种植物，如欧阳修《洛阳牡丹记》等；另一类则兼记各类花木，如周师厚《洛阳花木记》、范成大《桂海虞衡志》中的《花志》《草木志》等。正是得益于宋人谱录的大量存世，我们才可以更为立体详细地了解宋人生活中种花、赏花的方方面面。

13.《洛阳名园记》是宋代李格非的散文作品。《宋史·李格非传》云："尝著《洛阳名园记》，谓'洛阳之盛衰，天下治乱之候也'。"《洛阳名园记》是有关北宋私家园林的一篇重要文献，对所记诸园的总体布局以及山池、花木、建筑所构成的园林景观描写具体而翔实。北宋时公卿贵族在洛阳兴建的园林可视为北宋中原私家园林的代表。

14.《墨庄漫录》是南宋张邦基所著的笔记。全书十卷，多记杂事、朝章典故、名人逸闻，论书、论文房四宝，而尤留意于诗、文、词的评论和记载。此外还有相当数量的志怪传奇篇章，多为释道仙佛故事，并提供了一些当时小说作者的资料及小说版本情况。

15.《山园小梅》是北宋林逋的诗歌。全诗及白话译文如下：

山园小梅

林逋

众芳摇落独暄妍,占尽风情向小园。

疏影横斜水清浅,暗香浮动月黄昏。

霜禽欲下先偷眼,粉蝶如知合断魂。

幸有微吟可相狎,不须檀板共金樽。

百花凋落,只有梅花独自盛开,那明丽的景色把小园子里的风光占尽。

清浅的水里横斜着它疏朗的倩影,幽暗的清香在黄昏的月光下浮动。

冬鸟从空中飞下,先偷看梅花几眼表示青睐。粉蝶如果知道它,也一定会失魂落魄。

在山园,我有幸在赏梅之时低吟轻唱,这胜过拿檀板演奏,以金樽来饮酒的豪华热闹的场景。

16.《西江月·梅花》是宋代苏轼的词作。全词及白话译文如下:

西江月·梅花

苏轼

玉骨那愁瘴雾,冰姿自有仙风。海仙时遣探芳丛,倒挂绿毛么凤。

素面翻嫌粉涴,洗妆不褪唇红。高情已逐晓云空,不与梨花同梦。

玉洁冰清的风骨哪里会理会瘴雾,它自有一种仙人的风度。海上仙人时不时派遣使者来探视芬芳的花丛,那倒挂着的绿羽装点的小鸟。

梅花的素色害怕脂粉的玷污。花瓣虽然败谢,那唇红的颜色依然鲜艳。高尚的情操已追随晓云而成为空无,不会有梨花来一同入梦。

17."何方可化身千亿,一树梅前一放翁。"出自陆游的诗歌《梅花绝句二首(其二)》。全诗及白话译文如下:

梅花绝句二首（其二）

陆游

闻道梅花坼晓风，雪堆遍满四山中。
何方可化身千亿，一树梅前一放翁。

听说梅花在晨风中都开放了，远远看去，四面山上，处处都是梅花，盛开如雪堆。

有什么办法可以把我变成千亿个化身，让每一株梅花前，都有一个陆游同在。

18.《卜算子·咏梅》是陆游的词作。全词及白话译文如下：

卜算子·咏梅

陆游

驿外断桥边，寂寞开无主。已是黄昏独自愁，更著风和雨。

无意苦争春，一任群芳妒。零落成泥碾作尘，只有

香如故。

在驿站外的断桥边，一树无主的梅花寂寞地开着。已是黄昏了，它独自在那里发愁，又因为风雨交加而飘荡。

无意在春天苦苦争夺什么，却惹来百花的嫉妒。它被风雨打落，落在泥土里，被碾成尘埃，而香气依然如故。

19."小阁藏春，闲窗锁昼，画堂无限深幽。……"出自李清照的词作《满庭芳·小阁藏春》。全词及白话译文如下：

满庭芳·小阁藏春

李清照

小阁藏春，闲窗锁昼，画堂无限深幽。篆香烧尽，日影下帘钩。手种江梅渐好，又何必、临水登楼。无人到，寂寥浑似，何逊在扬州。

从来知韵胜，难堪雨藉，不耐风揉。更谁家横笛，吹动浓愁。莫恨香消雪减，须信道、扫迹情留。难言处，良宵淡月，疏影尚风流。

小阁楼里藏着春天，窗户紧闭，把白天锁在外面，画堂里真是无限的幽深。篆香烧尽，太阳落下，自己手种的江梅更好。为什么一定要临水登楼，像王粲那样伤感呢？在这寂寥之中，没有人来，我独自面对梅花，就好像当年何逊在扬州面对着早梅。

梅花从来都优雅美好，但总是难以承受风吹雨打。更有谁家的横笛，吹动我的浓愁。不要因风吹雨打之后，它的香气也淡了，颜色也褪了，甚至随风飘落而怨恨。要相信，仍有一种情韵留下来。难以言说的是，良宵时候，淡淡的月光下，江梅那疏朗的样子，仍然一片风流。

20."年年雪里，常插梅花醉。……"出自李清照的词作《清平乐·年年雪里》。全词及白话译文如下：

清平乐·年年雪里

李清照

年年雪里，常插梅花醉。挼尽梅花无好意，赢得满衣清泪。

今年海角天涯，萧萧两鬓生华。看取晚来风势，故应难看梅花。

每当飞雪连天，梅吐清芬，就常常把梅花插在秀发上，那是多么令人陶醉的景象。人到中年，把梅花拿在手上，却没有好心情欣赏，衣服上都沾满泪水。

今年梅开时节，我身在天涯海角，头发稀疏花白，看风势晚上会更激烈，以后要看梅花就更难了。

21."藤床纸帐朝眠起，说不尽，无佳思。……"出自李清照的词作《孤雁儿·藤床纸帐朝眠起》。全词及白话译文如下：

孤雁儿·藤床纸帐朝眠起

李清照

藤床纸帐朝眠起，说不尽，无佳思。沉香断续玉炉寒，伴我情怀如水。笛声三弄，梅心惊破，多少春情意。小风疏雨萧萧地，又催下，千行泪。吹箫人去玉楼空，肠断与谁同倚。一枝折得，人间天上，没个人堪寄。

早晨，在藤床纸帐这样的环境中醒来，有一种说不尽的伤感和思念。看沉香缓缓燃尽，直到玉炉生寒，往事如流水，在我心头流过。《梅花三弄》的笛声惊破了梅花的花蕊，它们一一开放，多少春天的情意就在其中。

刮起小风，下起潇潇细雨，又催下我千行泪。当年给我吹箫的人不在了，人去楼空，我肝肠寸断，从此与谁同倚栏杆？折得一枝梅花，却发现天上人间，已经没有一个人可供寄赠。

22.《小重山·春到长门春草青》是李清照的词作。全词及白话译文如下：

小重山·春到长门春草青

李清照

春到长门春草青，江梅些子破，未开匀。碧云笼碾玉成尘，留晓梦，惊破一瓯春。

花影压重门，疏帘铺淡月，好黄昏。二年三度负东君，归来也，著意过今春。

春天也来到了长门，春草青青。江梅开了一点，还没有完全开遍。茶饼被碾碎成茶粉，仿佛一堆玉屑一样晶莹。早晨残留的一点梦，需要茗茶来惊破和驱散。

层层叠叠的花影，越过重重门扉；疏疏的帘幕里，透进淡淡的月影，多好的黄昏。我已经辜负了三个春天的大好时光。这个春天，我要好好度过。

23.司马相如（前179—前118），字长卿，四川人，西汉著名辞赋家，"汉赋四大家"之一，被誉为"赋圣""辞宗"。

24.东君，中国民间信仰的司春之神，掌管着春天的来去，象征春天以及妙手回春的力量。

為你
读诗
THE POEM FOR YOU

為你
读诗
THE POEM FOR YOU

第五章 女性的身体：从男性书写，到女性自我表达

在李清照之前，有大量描写女性的作品，但几乎都是由男性所书写的，他们从旁观看或者将自己假托为女性，代为表达。但真实的女性的声音，其实很难进入诗词而被看到、听见。长期以来，女性的身体都是被观看的，被审视的，被幻想的。

作为女性，李清照不仅敏感于自己的身体变化，还将其如实写入诗词当中。比如晚年时她写"如今憔悴，风鬟霜鬓，怕见夜间出去。不如向、帘儿底下，听人笑语"。我们很少能在诗词里听见一位衰老女性发出的声音，如今，在李清照的笔下，我们发现了。她对女性身体的描写，可以说开创了女性身体写作的先河。

不仅如此，李清照还为文坛吹入了一股新风。

在中国古代，有关女性身体描写的词大都来自男性，反映着男性的好恶和经验,比如粉泪、酥胸、柳眉、杏眼等。而男性对女性的审美,在相当长一段时间内,也往往集中在很多套语里,比如樱桃小嘴,比如杨柳细腰,比如三寸金莲。南唐末代君主、诗人李煜就在一首词里写:"晓妆初过,沉檀轻注些儿个。向人微露丁香颗。一曲清歌,暂引樱桃破。"[1]

好胜如李清照,怎么可能把男性习以为常的词汇照搬进自己的作品中呢?她知道如果一味模仿,就会麻痹自己作为一个女性的全部感受和体验。所以,她要创新,要突破,要有属于自己的语言和风格。

于是,她把大量的口语带入词的创作中:"不如向、帘儿底下,听人笑语""试灯无意思,踏雪没心情"[2]……没有了过度的包装和修饰,我们仿佛听到了一个女性鲜活生动的声音。李清照还擅用叠字,曲尽一个失魂落魄的女子的内心:"寻寻觅觅,冷冷清清,凄凄惨惨戚戚……"这样上穷碧落下黄泉的寻觅,唯有女子自身才能当之。

在词里,李清照最喜欢用的一个字是:瘦。这个字,被李清照用来形容花朵,也形容女性的身体。

在李清照之前，男性作家也经常用"瘦"来形容身体。比如唐朝李白就调侃很瘦的杜甫："借问别来太瘦生，总为从前作诗苦。"[3]南唐冯延巳也写自己："日日花前常病酒，不辞镜里朱颜瘦。"[4]李清照用"瘦"字，为女性身体写作开拓了新的意境。

她曾在《如梦令·昨夜雨疏风骤》里写，"知否？知否？应是绿肥红瘦"；她也在《凤凰台上忆吹箫·香冷金猊》里写，"新来瘦，非干病酒，不是悲秋"；她还在《醉花阴·薄雾浓云愁永昼》里写，"莫道不销魂，帘卷西风，人比黄花瘦"。通过不同的场景，李清照将花朵的纤弱和女性的瘦弱联系起来，塑造出不同于男性所普遍期待的女性形象。李清照诚恳地面对了自己的身体，也把真实还给更多女性本身。

当然，李清照不只描写衰老而瘦弱的妇人，她也歌颂健康美丽的少女。比如以下这首，很可能写的就是她自己：

蹴罢秋千，起来慵整纤纤手。露浓花瘦，薄汗轻衣透。见客入来，袜刬金钗溜。和羞走，倚门回首，却把

玉蓮形簪首

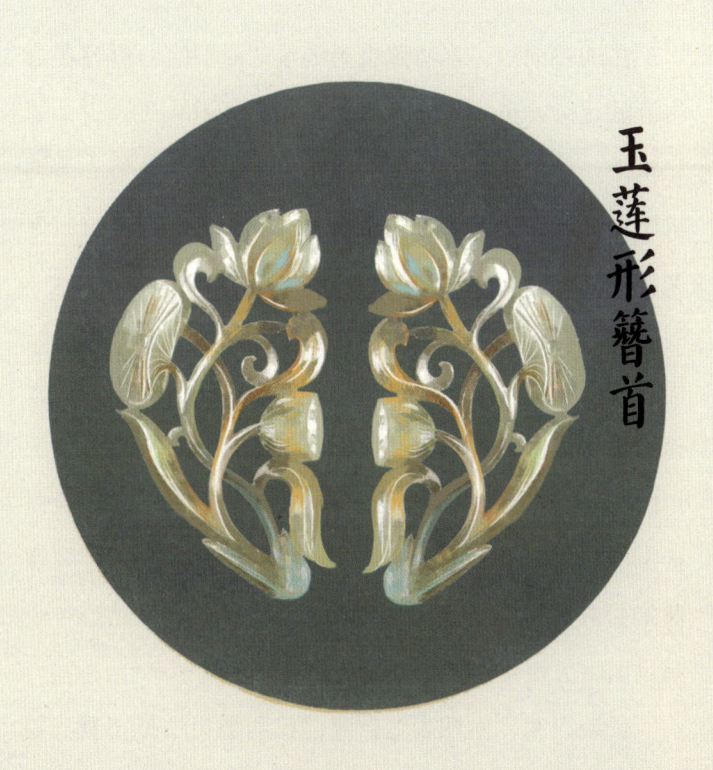

青梅嗅。⁵

在这首词里,李清照也用到了"瘦"字,形容含苞待放的花朵,也好像一个少女即将展开的人生。少女荡完秋千,汗水从轻薄的衣衫里透出来。这和花枝上沾满浓密露珠的花的意象交相辉映,似实写,又如虚写。少女身体散发出的青春活力,如梦似幻,让人心动不已。

如今我们看来,李清照将这位少女描写得既美丽又优雅,但在封建卫道士的眼里,这却被视为大逆不道,他们觉得李清照有悖于其所在阶层女性的体面。宋代王灼便在《碧鸡漫志》⁶里批评李清照:"作长短句,能曲折尽人意,轻巧尖新,姿态百出。闾巷荒淫之语,肆意落笔。自古缙绅之家能文妇女,未见如此无顾藉也……其风至闺房妇女,夸张笔墨,无所羞畏。"

长期以来,女性表达自我的权利被男性把持着。如何看待和书写自己的身体,女性说了不算。李清照笔下的女子羞涩而大胆,但并没有逾越闺阁的界限,之所以被批评指责,不过是因为透露出女性自由表达的欲望。

当时许多人想听到的不是真实的女性的声音，想看到的不是真实的女性的容貌，而是他们按照自己的审美标准想象出来的罢了。

李清照才不管那么多，她要表达的是有血有肉有思想的真我。

写作诗词时，李清照还喜欢用一个字，即"愁"。李清照年轻时的愁，更多是一个大家闺秀的闲愁。她关心一场雨后，花朵怎么样了，"昨夜雨疏风骤，浓睡不消残酒。试问卷帘人，却道海棠依旧。知否？知否？应是绿肥红瘦。"

彼时，李清照不需要考虑太多事情，有父亲宠爱着，有丈夫陪伴着，她没有什么外在的压力，作为诗人的敏感自然而然地被倾注到了自然事物上。这与卷帘的丫鬟形成鲜明对比，一个每天劳作的丫鬟没有闲情逸致，去关心一朵花的命运，以及它是否经受得住风雨。

但是，等到经历了太多变乱，遭遇国破家亡后，李清照再也没那么多闲愁了，她的愁越来越沉重：

茶果子

风住尘香花已尽,日晚倦梳头。物是人非事事休,欲语泪先流。

闻说双溪春尚好,也拟泛轻舟。只恐双溪舴艋舟,载不动许多愁。⁷

"双溪"是浙江金华的一条河的名字,属于当地的一处名胜。李清照后来逃难至此,暂居金华。对双溪春光的向往,以及对泛舟的渴望,仿佛是支撑她走下去的一点点微光,但是,"只恐双溪舴艋舟,载不动许多愁"。"只恐",透露出李清照的担忧,再好的春光也难以排遣她的满腹忧愁了。那愁太过沉重,以至于双溪的舴艋舟都载不动它。

同样是在金华,李清照还写下一首《题八咏楼》[8],同样有关忧愁:

千古风流八咏楼,江山留与后人愁。
水通南国三千里,气压江城十四州。

八咏楼，原名元畅楼，是金华著名景点。南朝时，由东阳太守、著名史学家和文学家沈约[9]建造，待竣工后，沈约多次登楼赋诗，组成《八咏诗》，传为绝唱。也正因如此，从唐代起，元畅楼便被改名为"八咏楼"。在李清照未登临此楼时，已经有太多人在此赋诗咏楼，所以李清照称其"千古风流八咏楼"。但金兵一路南下，汴京沦陷，北宋灭亡，杭州一度失守，金华也可能被攻陷，眼前的名胜美景或许都要沦落到金人的铁蹄之下。李清照渴望着南宋的军队能打过淮河去，收复北方的失地，然而那些主和派根本不会听她一介女子的。

无可奈何之下，李清照感叹："江山留与后人愁。"不是她不想背负家国重任，而是女子的身份使她只能停留于愁闷的情绪中，无法付诸行动去消除那愁的根源。自己无计可施，朝廷又指望不上，还能怎么办呢？这种愁，只好留给后人去承担了。

从年轻时开始，李清照就被各种各样的愁绪包围着，无论深浅浓淡，她把它们写在诗中，作到词里。而在垂暮之年，李清照终于遗憾地发现，"愁"是无法讲述的，也无法被书写：

寻寻觅觅，冷冷清清，凄凄惨惨戚戚。乍暖还寒时候，最难将息。三杯两盏淡酒，怎敌他，晚来风急？雁过也，正伤心，却是旧时相识。

满地黄花堆积，憔悴损，如今有谁堪摘？守着窗儿，独自怎生得黑！梧桐更兼细雨，到黄昏，点点滴滴。这次第，怎一个愁字了得！

一个"愁"字，已经无法道尽李清照的处境和心境。它是李清照所有的"愁"的汇聚，是无数的"梧桐更兼细雨，到黄昏，点点滴滴"，它滴到梧桐叶上，更滴到李清照的心里。

在这之前，我们都是从男性词人的作品里，看到那些孤独女性愁苦的身影。李清照要"我手写我口"，她推开那些想象者和替代者，以一个女性的亲身经历，直接讲述对于青春岁月的追忆。这种讲述，因为李清照的存在而变得难能可贵，变得无比珍贵。

白釉褐彩水波纹长颈瓶

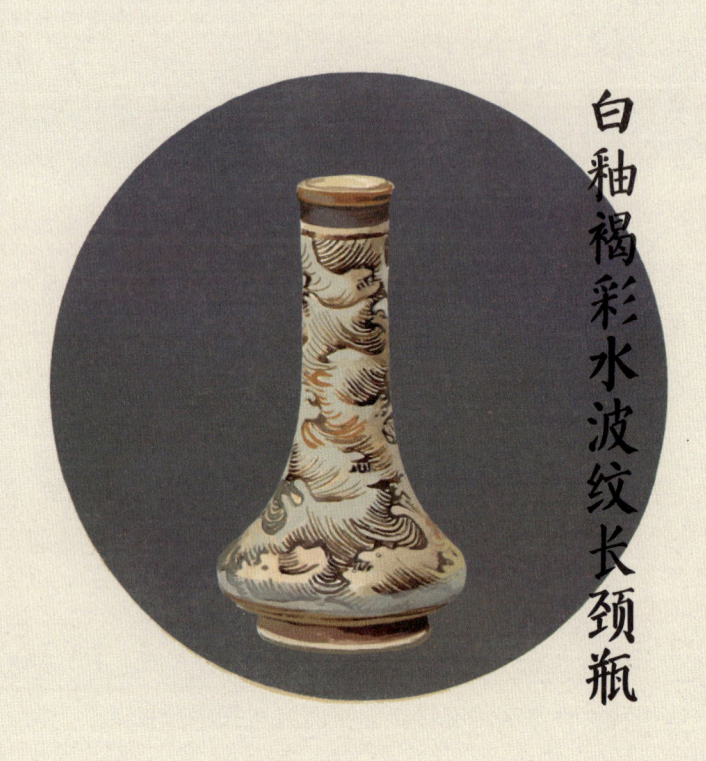

英国作家伍尔夫[10]说："在我们每个人的心灵中，有两种主宰力量，一种是男性因素，另一种是女性因素；在男人的头脑里，是男性因素压倒了女性因素；在女人的头脑里，是女性因素压倒了男性因素。正常而舒适的生存状态，是这两种因素和谐相处，精神融洽……纯粹单性的男人和纯粹单性的女人，是无可救药的；一个人必须是男性化的女人，或女性化的男人。"

这段话也同样适合李清照。她的雌雄同体表现在诗词创作上，就是"生当作人杰，死亦为鬼雄。至今思项羽，不肯过江东"，是"欲将血汗寄山河，去洒东山一抔土"[11]，是"九万里风鹏正举，风休住，蓬舟吹取三山去"……

当现实令人无奈，无论男女，所有人都被时代践踏和蹂躏时，李清照不再是作为一个纯粹的女性写作了，而是作为一个融合了两性力量的人。

千年的时光流转而去，是李清照的精神护佑着她的身体，使其没有日渐衰朽、离散，反而更加纯洁和高贵。它为我们展示了女性在尘世的更多担当和可能。

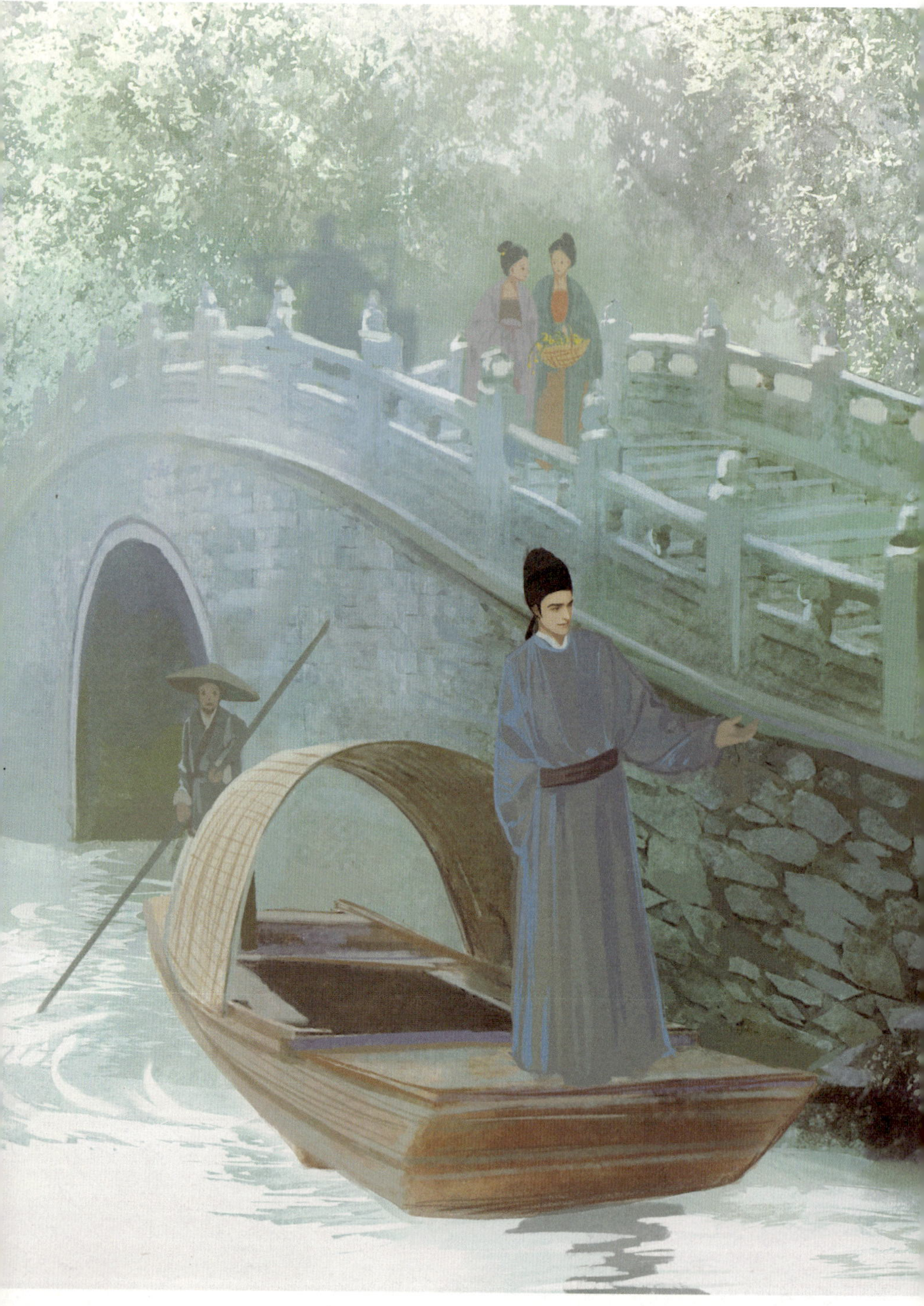

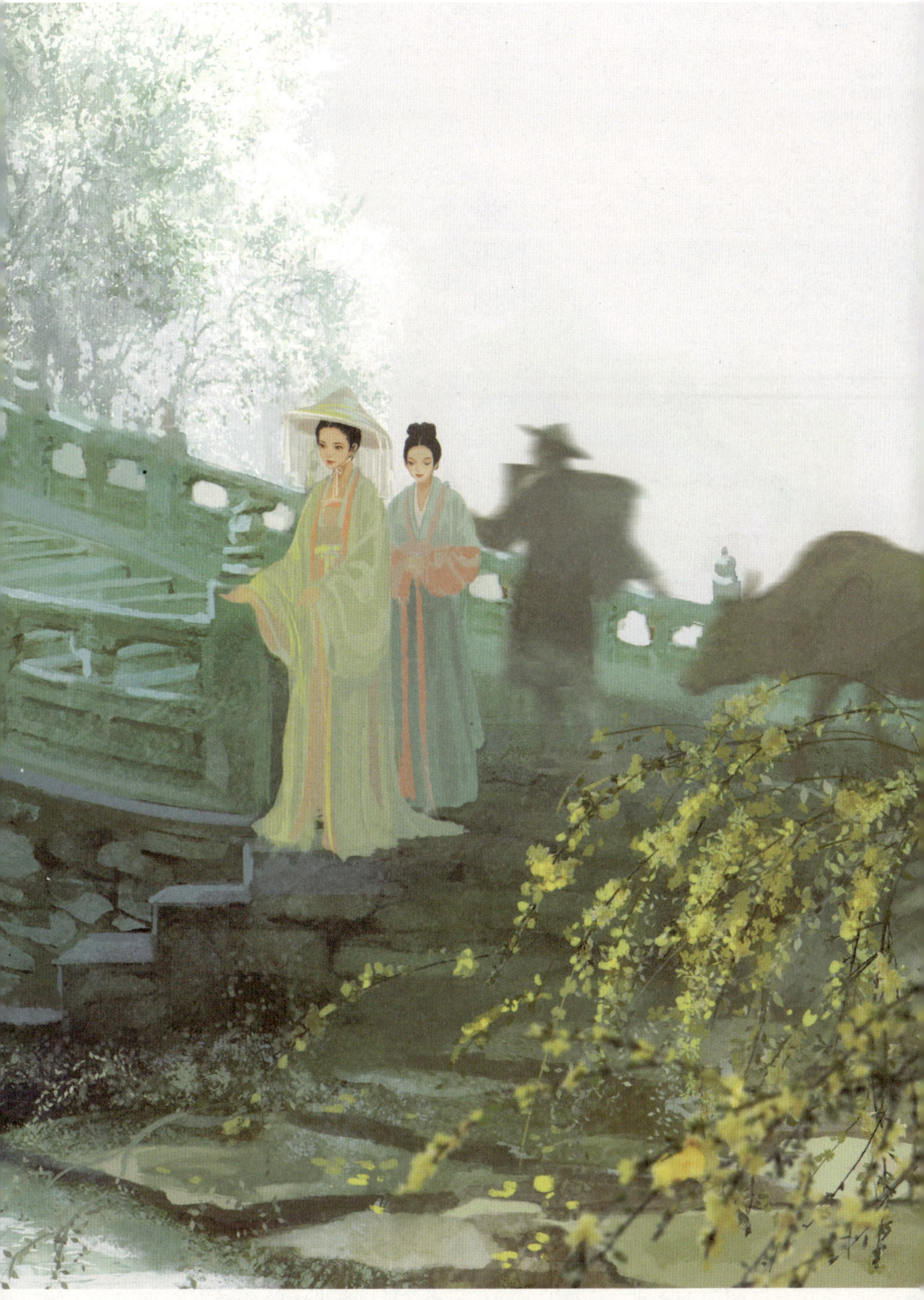

漱玉阁

1."晓妆初过,沉檀轻注些儿个。……" 出自南唐李煜的词作《一斛珠·晓妆初过》。全词及白话译文如下:

一斛珠·晓妆初过
李煜
晓妆初过,沉檀轻注些儿个。向人微露丁香颗。一曲清歌,暂引樱桃破。
罗袖裛残殷色可,杯深旋被香醪涴。绣床斜凭娇无那。烂嚼红茸,笑向檀郎唾。

晨起梳妆打扮后,唇边再抹一点沉檀的妆粉。向人轻吐唇舌,樱桃小口微张,便马上流出婉转动听的歌谣。
罗袖上还残留着一点香气,酒痕隐约可见。大杯饮酒时，罗袖很快被酒痕弄脏。酒喝得过量了，人也娇软无力，斜坐在绣床上，嘴里嚼着红色的丝绒，笑着向爱人吐。

2. "试灯无意思，踏雪没心情"出自李清照的词作《临江仙·庭院深深深几许》。全词及白话译文如下：

临江仙·庭院深深深几许
李清照
欧阳公作《蝶恋花》，有"深深深几许"之句，予酷爱之。用其语作"庭院深深"数阕，其声即旧《临江仙》也。

庭院深深深几许，云窗雾阁常扃。柳梢梅萼渐分明。春归秣陵树，人老建康城。
感月吟风多少事，如今老去无成。谁怜憔悴更凋零。试灯无意思，踏雪没心情。

一个人居住在一个深深的院落里，高处的楼阁云雾缭绕，都关闭着。只见柳梢返青和梅枝吐蕊的景象越来越分明了。春已归来，树木渐绿，而我却要老死在这建康城了。

曾经感月吟风，多少赏心乐事，如今老了，一事无成。谁可怜我憔悴而飘零的一生。我观赏花灯没有意思，踏雪觅诗也没有心情。

3．"借问别来太瘦生，总为从前作诗苦。"出自唐朝李白的诗歌《戏赠杜甫》。全诗及白话译文如下：

戏赠杜甫

李白

饭颗山头逢杜甫，顶戴笠子日卓午。
借问别来太瘦生，总为从前作诗苦。

在饭颗山上遇见杜甫，他头上戴着斗笠，日头刚好是中午。

请问老兄，自从分别以后你为何如此消瘦？恐怕是因为从前作诗太辛苦。

4. "日日花前常病酒,不辞镜里朱颜瘦。"出自南唐冯延巳的《鹊踏枝·谁道闲情抛弃久》。全词及白话译文如下:

鹊踏枝·谁道闲情抛弃久
冯延巳

谁道闲情抛弃久?每到春来,惆怅还依旧。日日花前常病酒,不辞镜里朱颜瘦。

河畔青芜堤上柳,为问新愁,何事年年有?独立小桥风满袖,平林新月人归后。

谁说闲情抛弃很久了?每到春天,我惆怅它依旧在。每日在花前不停饮酒,不顾镜子里的朱颜已经消瘦。

在青青的河畔,柳树也有了绿色。想问这新的忧愁,为什么年年都有?很晚了,我还在小桥边独自站立。当大风把衣袖鼓满,树林里升起新月,人们都回去了。

5. "蹴罢秋千,起来慵整纤纤手。……"出自李清照的词作《点绛唇·蹴罢秋千》。全词及白话译文如下:

点绛唇·蹴罢秋千

李清照

蹴罢秋千,起来慵整纤纤手。露浓花瘦,薄汗轻衣透。

见客入来,袜刬金钗溜。和羞走,倚门回首,却把青梅嗅。

荡完秋千,懒洋洋地站起来,擦拭一双娇嫩的小手。汗水从轻薄的衣衫透出,好像柔弱的花枝上沾满了浓密的露珠。

突然看见有客人走进来,慌忙中跑掉了鞋子,首饰也从头上掉下。以袜着地飞快地跑到一扇门后,又偷偷倚门,回看这位不速之客,一边却把青梅来嗅。

6.《碧鸡漫志》是一部有关词学的理论专著,共五卷,为南宋王灼晚年之作。该书论述了词乐缘起、部分宋人词作以及重要词调的本事,其中尤以论述词乐缘起的内容备受学术界重视。

7. "风住尘香花已尽,日晚倦梳头。……"出自李清照的词作《武陵春·风住尘香花已尽》。全词及白话译文如下:

武陵春·风住尘香花已尽
李清照
风住尘香花已尽,日晚倦梳头。物是人非事事休,欲语泪先流。
闻说双溪春尚好,也拟泛轻舟。只恐双溪舴艋舟,载不动许多愁。

风停了,花也凋落殆尽,尘土里有花的香气。天晚了,人也无心梳洗打扮。事物依旧,人不似往昔,一切都结束了。想要说些什么,眼泪却先流下来。
听说双溪那个地方还有春天的气息,也可以划划小船。只恐怕,双溪的小船,载不动我这么多的忧愁。

8.《题八咏楼》是李清照的诗歌。全诗及白话译文如下:

题八咏楼

李清照

千古风流八咏楼,江山留与后人愁。
水通南国三千里,气压江城十四州。

八咏楼真是千古风流,那江山就留给后人去哀愁吧。

这里水道密集,可以深入江南三千里,战略地位足以影响江南十四州的存亡。

9. 沈约(441—513),字休文,吴兴武康(今浙江德清)人。历仕南朝宋、齐、梁三代,是著名的政治家、文学家、史学家、音韵学家。沈约精通音律,是"四声八病"说的主要创始人之一,为当时诗歌创作开辟了新境界。其诗与王融诸人的诗皆注重声律、对仗,时号"永明体",是从比较自由的古体诗走向格律严整的近体诗的一个重要过渡阶段。他毕生勤于著述,著有《晋书》《宋书》《齐纪》《高祖纪》(《梁武帝本纪》)等史书,其中《宋书》入"二十四史"。

10. 伍尔夫（1882—1941），英国女作家、文学批评家和文学理论家，意识流文学代表人物，被誉为"二十世纪现代主义与女性主义的先锋"，知名小说作品有《达洛维夫人》《到灯塔去》等。

11. "欲将血汗寄山河，去洒东山一抔土"出自李清照创作的诗歌《上枢密韩肖胄诗二首（其一）》。全诗及白话译文如下：

上枢密韩肖胄诗二首（其一）
李清照
绍兴癸丑五月，枢密韩公、工部尚书胡公使虏，通两宫也。有易安室者，父祖皆出韩公门下，今家世沦替，子姓寒微，不敢望公之车尘。又贫病，但神明未衰落。见此大号令，不能忘言，作古、律诗各一章，以寄区区之意，以待采诗者云。

三年夏六月，天子视朝久。

凝旒望南云,垂衣思北狩。
如闻帝若曰,岳牧与群后。
贤宁无半千,运已遇阳九。
勿勒燕然铭,勿种金城柳。
岂无纯孝臣,识此霜露悲。
何必羹舍肉,便可车载脂。
土地非所惜,玉帛如尘泥。
谁当可将命,币厚辞益卑。
四岳佥曰俞,臣下帝所知。
中朝第一人,春官有昌黎。
身为百夫特,行足万人师。
嘉祐与建中,为政有皋夔。
匈奴畏王商,吐蕃尊子仪。
夷狄已破胆,将命公所宜。
公拜手稽首,受命白玉墀。
曰臣敢辞难,此亦何等时。
家人安足谋,妻子不必辞。
愿奉天地灵,愿奉宗庙威。
径持紫泥诏,直入黄龙城。

单于定稽颡,侍子当来迎。

仁君方恃信,狂生休请缨。

或取犬马血,与结天地盟。

胡公清德人所难,谋同德协必志安。

脱衣已被汉恩暖,离歌不道易水寒。

皇天久阴后土湿,雨势未回风势急。

车声辚辚马萧萧,壮士懦夫俱感泣。

间阎嫠妇亦何知,沥血投书干记室。

夷虏从来性虎狼,不虞预备庸何伤。

衷甲昔时闻楚幕,乘城前日记平凉。

葵丘践土非荒城,勿轻谈士弃儒生。

露布词成马犹倚,崤函关出鸡未鸣。

巧匠何曾弃樗栎,刍荛之言或有益。

不乞隋珠与和璧,只乞乡关新信息。

灵光虽在应萧萧,草中翁仲今何若。

遗氓岂尚种桑麻,残虏如闻保城郭。

嫠家父祖生齐鲁,位下名高人比数。

当时稷下纵谈时,犹记人挥汗成雨。

子孙南渡今几年,飘零遂与流人伍。

欲将血汗寄山河，去洒东山一抔土。

绍兴三年六月间，天子临朝听政多年。
凝神专注思念亲人，治理有方，思念着北方的父兄。
仿佛听到皇帝说：群臣百官，岂无半千贤臣。
时运不济，遭遇灾难之年。
不用像窦宪那样刻碑记功，也不必像桓温那样种柳兴叹。
难道没有像颖考叔那样有纯孝之心的大臣，能够知道皇帝的悲伤不是因为霜寒，而是因为思念父兄。
不必学着颖考叔放弃肉餐，而是把车子润滑，抓紧赶路。
割让土地不足惜，也视玉帛等钱财如身外之物。
谁能奉命出使呢？给人足够多的钱财，言辞愈发谦卑。
众位官员都有共识，臣下怎么样，皇帝是知道的。
朝中大臣谁最贤能？唐朝的礼部有韩昌黎（即韩愈）。
百人里头最能干，万人之中称模范。
嘉祐、建中年间，韩琦和韩忠彦都很贤能，像掌管刑法的皋陶和掌管典乐的夔。

汉代的匈奴害怕王商，唐朝的吐蕃敬畏郭子仪。

夷狄已经吓破了胆，明公你是最好的人选。

你在朝堂之上恭敬地跪拜，受到皇帝的派遣。

作为大臣怎么可以推辞，而且此刻是什么时候！

高堂老母不必牵挂，妻子儿女不必想念。

敬奉天地有神灵，敬奉祖庙有威严。

自己拿着文书，去到金朝的黄龙城。

金朝的首领极度惶恐，前来谢罪。侍奉的人也忙着迎接。

有名望的人依靠信义，狂放的人停止投军报国。

或者歃血为盟，对天发誓。

道德品格如胡公，人人难以做到。同心同德，齐心协力，人心方安。

韩信被刘邦"解衣衣我"的情谊所温暖；荆轲如果这样，临别刺秦，不会唱"易水寒"。

时事如雨，阴雨绵绵，狂风大作。

大路上，车声辚辚作响，战马嘶叫，无论壮士还是懦夫都同声哭泣，好不悲伤。

里巷里的寡妇没有见识，滴血投书给秘书官。

小心提防，金人从来都是虎狼的性格，要防范意想不到的危险，免得上当。

将铠甲穿在衣服里面，之前楚人就是这么干的。守城的时候，一定要吸取平凉中计被劫的教训。

葵丘和践土不是那所谓的荒凉之地，齐桓公和晋文公在那里一战成名。不要轻看了那善谈之人，也不要小看了儒生。

袁虎虽被免官，仍然思如泉涌，倚马可待，写出了军中紧急文书。函谷关鸡未鸣，天未亮，城门未开，但孟尝君的宾客却学鸡叫，帮助孟尝君脱了险。

《庄子》里，樗栎被看成无用之材，但技艺精巧的木匠不会嫌弃它。或许听听草野之人的话，也十分有益。

我不乞求要得到珠璧珍宝，只希望得到家乡传来新的消息。

在家乡的亲人还在吧，只是应当萧条寂然了，墓前的石人如今怎样呢？

大宋的遗民们是否还种着桑麻，而那些金人是否还占据着城郭？

我的父祖出生在齐鲁大地,地位不高,但名声显赫。

当时战国临淄多学馆,多有纵横之士,城市繁荣,人们挥汗如雨。

如今子孙南渡这几年,我到处飘零,和流浪汉没有区别。

我想念被金人占领的家乡,愿将一腔热血洒在齐鲁大地!

为你
读诗
THE POEM FOR YOU

第六章 爱情和婚姻：此情无计可消除

李清照到底有没有经历过第二次婚姻，越来越可能成为一桩"罗生门"。

　　一部分人认为，有才华、有地位、好胜心又很强的李清照，一定深爱着她的第一任丈夫赵明诚，不可能再嫁。那些说李清照再婚、离异，被再婚丈夫欺骗、家暴，甚至惹上牢狱之灾的人，一定都怀着市侩的心态，认为女性或迟或早都会沦为男性的附庸，哪怕这位女性是许多人崇拜的偶像。

　　不过也有一部分人认为，李清照没有理由继续守寡。赵明诚的父母早在其生前就已去世，李清照和赵明诚也没有孩子。而且当时金兵南侵、国破家亡，李清照流离失所，想要自立很不容易，为什么要求李清照守寡终老呢？此外，在李清照那个时代，寡妇再嫁不是什么稀奇事。

李清照再婚时，赵明诚去世已有三年之久，这和她对赵明诚有很深的感情也并不冲突。

李清照的一生，反映了宋朝女性在婚姻、守寡、再婚和离异中的处境。而后世人对李清照的评价也如一面镜子，映照着他们所处时代的爱情和婚姻状况。

无论是否再嫁，李清照的才情和胸襟都是不容置疑的。爱情、婚姻的甜蜜或磨砺，都对她的生命情感起到了极大的激发作用。

少女时代的李清照是快乐的，没有太多离愁别绪在她的心里交织，彼时她的文字里透露着一股纯粹：

常记溪亭日暮，沉醉不知归路。
兴尽晚回舟，误入藕花深处。
争渡，争渡，惊起一滩鸥鹭。

进入中年的李清照还会去泛舟，因为与丈夫离别，心中多了几分惆怅，但依然有期待、有希望：

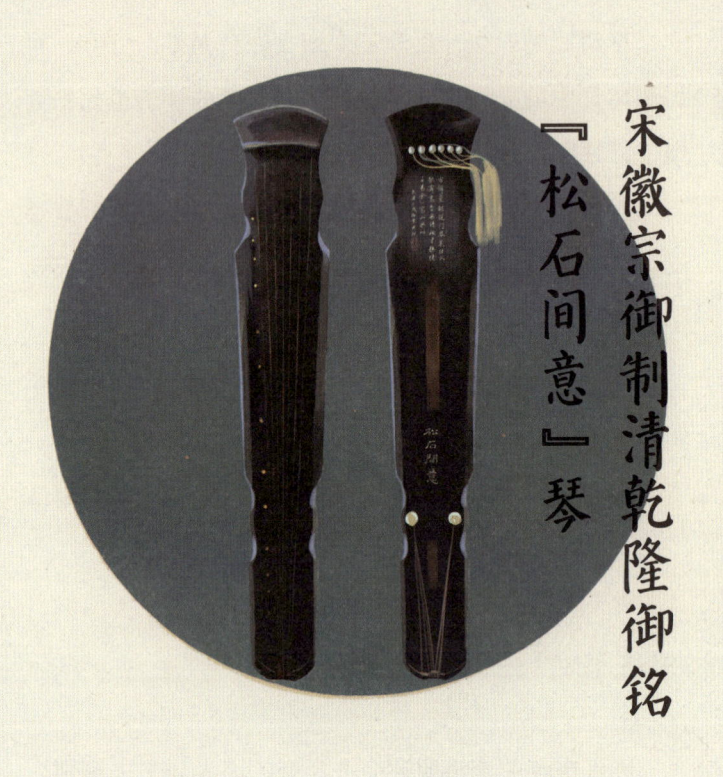

宋徽宗御制清乾隆御铭"松石间意"琴

一七〇

红藕香残玉簟秋,轻解罗裳,独上兰舟。云中谁寄锦书来,雁字回时,月满西楼。

花自飘零水自流,一种相思,两处闲愁。此情无计可消除,才下眉头,却上心头。

中晚年的李清照遭逢国难,颠沛流离,承载她心灵的船只越来越难以寻觅了。

风住尘香花已尽,日晚倦梳头。物是人非事事休,欲语泪先流。

闻说双溪春尚好,也拟泛轻舟。只恐双溪舴艋舟,载不动许多愁。

逆境往往比顺境更让诗人迸发出写作的能量,爱情的永逝也往往比耳鬓厮磨更能让诗人创造出佳句。李清照便是如此。垂垂老矣的她,已不再想云中谁寄锦书来了,因为根本不会再有锦书寄来。

她能守着的只有那些美好回忆了,而其中许多都是

和丈夫赵明诚一起度过的。他们占据了彼此对爱情最初的悸动，还有着共同的对知识的热情。赵明诚去世后，在为他出版的《金石录》所写的后序里，李清照追忆了彼此在一起的甜蜜时光：

  余建中辛巳，始归赵氏。时先君作礼部员外郎，丞相时作吏部侍郎。侯年二十一，在太学作学生。赵、李族寒，素贫俭。每朔望谒告出，质衣取半千钱，步入相国寺，市碑文果实归，相对展玩咀嚼，自谓葛天氏之民也。

  "葛天氏"是上古时代一个部落的名称，在这个部落里，人们过着简单、快乐的生活。李清照和丈夫赵明诚"自谓葛天氏之民"，可见二人虽清贫，却满足于过一种返璞归真、自得其乐的生活。

  在封建时代，有太多夫妇都是不快乐的，他们之间往往有陪伴而无爱情。李清照和赵明诚的结合，既是他们彼此的幸运，也为人们提供了理想夫妇的一种范式。在伦理规范和琐碎日常之间，他们可以同享生活的乐趣，极为难得。

后屏居乡里十年,仰取俯拾,衣食有余。连守两郡,竭其俸入以事铅椠。每获一书,即同共勘校,整集签题。得书、画、彝、鼎,亦摩玩舒卷,指摘疵病,夜尽一烛为率。故能纸札精致,字画完整,冠诸收书家。余性偶强记,每饭罢,坐归来堂,烹茶,指堆积书史,言某事在某书某卷第几叶第几行,以中否角胜负,为饮茶先后。中即举杯大笑,至茶倾覆怀中,反不得饮而起。甘心老是乡矣!故虽处忧患困穷而志不屈。

这样纯真美好的夫妻生活场景,不仅是李清照怀念的,连我们也无比向往。但李清照和赵明诚的婚姻就没有裂痕吗?那些欲说还休的《漱玉词》[2]里,难道没有不足为外人道的隐衷吗?李清照清楚地记得,她与赵明诚最后一次分别,是在宋高宗建炎三年夏六月十三日,于池阳。

白玉透雕云龙纹佩

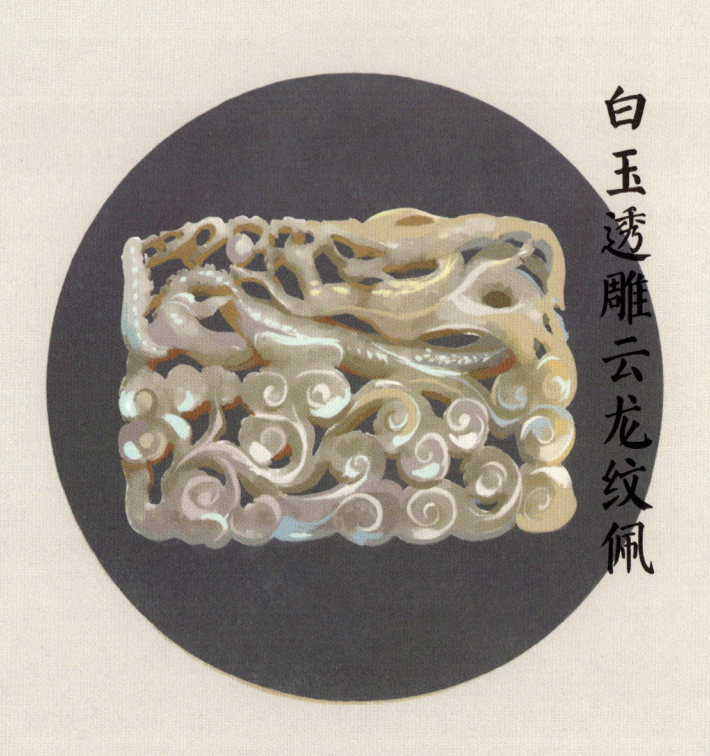

当时赵明诚身着麻衫,目光明亮,和舟中的妻子告别。因为适逢皇帝下诏,要赵明诚去担任湖州知州,他只身前往建康应召,即将上路。离别之际,李清照大声问丈夫:"如果像传闻中说的那样城中告急,我该怎么办?"

赵明诚回答:"人家怎么做,你就怎么做。如果不得已,先把箱笼包裹丢掉,再把衣服被子丢掉,再把书卷丢掉,再把古器去掉,唯独宗庙礼乐之器,必须亲自负抱,与其共存亡,千万不能忘记。"说完,上马奔驰而去。

在这最后的时刻,赵明诚的句句嘱托里丝毫不提及妻子,反而尽是藏品、器物。是不善表达爱意和关切,还是根本就没考虑到妻子的平安?李清照没有直接诉说自己的不满和委屈,我们也不好无端猜测,可以明确的是,到建康不久后,赵明诚突然得了一场大病,李清照匆忙坐船去见他。最终还是天人永隔,赵明诚病逝,生前未曾交代后事,也没有给妻子留下什么温暖的体己话。

这似乎是正常的。尤其在古代,夫妻之间的关系常

常并不对等，夫于妻而言是重如泰山，妻于夫而言却轻如鸿毛，即使是李清照和赵明诚，也没有完全脱离这种模式和观念。

读《金石录后序》，越到后面，我们越为李清照难过。金兵进犯，夫妻离散，赵明诚去世，藏品流失，李清照在乱世中东奔西逃……

此后，我们看到李清照如何独自应付动荡的变局——她病了，她成了一个寡妇，她再嫁了，她发现所托非人，她拼尽力气离了婚，她又孤身一人了，她被舆论调侃，声名狼藉……时代在巨变中向前流动，李清照个人的命运似乎不值一提。

李清照还在写作，不过她没有再靠近婚姻。

芳草池塘，绿阴庭院，晚晴寒透窗纱。玉钩金锁，管是客来吵。寂寞尊前席上，惟愁海角天涯。能留否？酴醿落尽，犹赖有梨花。

当年曾胜赏，生香薰袖，活火分茶。尽如龙骄马，流水轻车。不怕风狂雨骤，恰才称，煮酒笺花。如今也，

不成怀抱，得似旧时那？ ³

　　这首《转调满庭芳·芳草池塘》是李清照晚年时所写的，孤寂惆怅中，她深情回忆当年的美好，可如今物是人非，尤其乱世还在加深，"不成怀抱，得似旧时那"？

　　美好的爱情会流失，珍贵的藏品会失落，脆弱的生命会消亡，但李清照那种对美好生活的不可遏制的渴望和回忆仍深深感染着今天的我们，苦中忆甜，总是让人笑着笑着就流下泪来。

　　无论如何，李清照不曾放弃自己，她没有沉溺于往昔，即便感到痛苦也顽强地活着。也许，读完李清照的诗词，抬起头来，你会看到一个似曾相识的自己，给自己鼓励：去等待，去追寻；无论单身还是已婚，无论动荡还是太平，无论逆境还是顺境，都要过得丰富、饱满，充满生命之力。

　　"酴醾落尽，犹赖有梨花。"

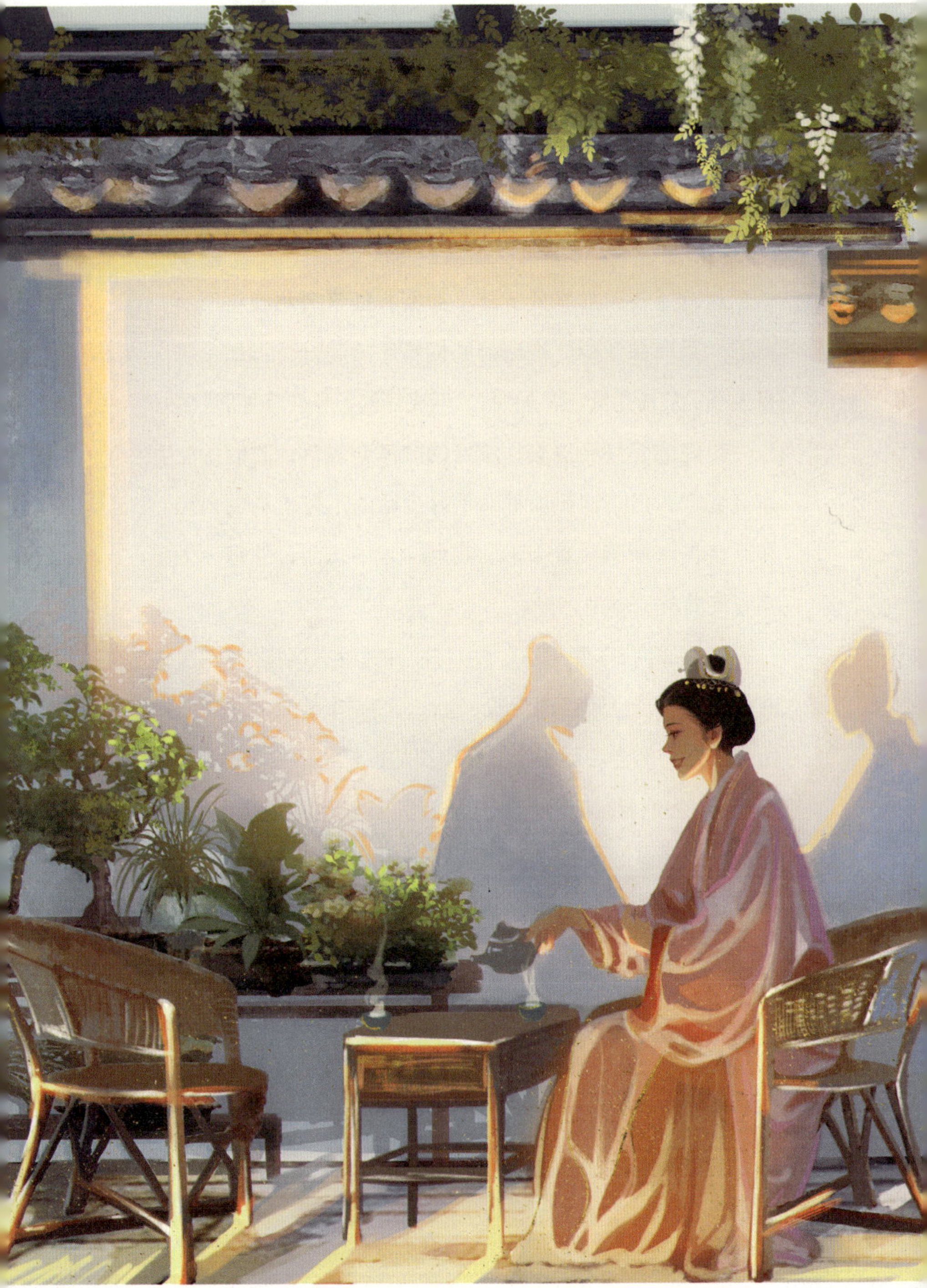

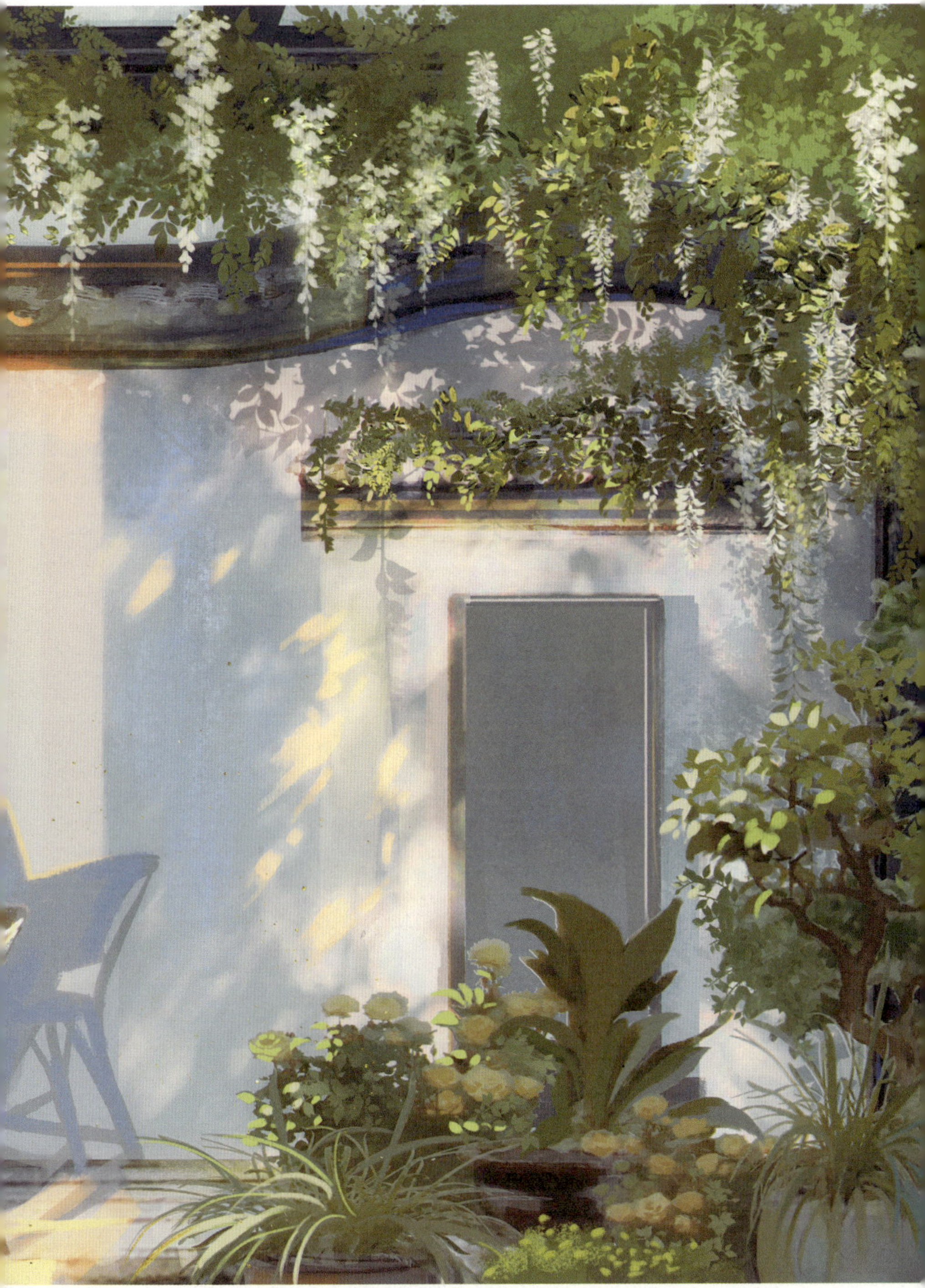

漱玉阁

1. "红藕香残玉簟秋,轻解罗裳,独上兰舟。……"出自李清照的词作《一剪梅·红藕香残玉簟秋》。全词盈满孤寂感,词人寄情于景,又由景及心,将难耐的思念之情以几近白描的状态具象化。全词及白话译文如下:

一剪梅·红藕香残玉簟秋

李清照

红藕香残玉簟秋,轻解罗裳,独上兰舟。云中谁寄锦书来,雁字回时,月满西楼。

花自飘零水自流,一种相思,两处闲愁。此情无计可消除,才下眉头,却上心头。

荷花残破,香气消散了,精美的竹席也已变得冷清,时间也到了深秋时节。轻轻地解开罗裙,独自走上美丽的小舟。怅惘仰望云天，并没有谁带一封信来给我。空中大雁组成方阵归去，月光皎洁，满照西楼。

花独自飘零，水独自流淌。一种共同的相思，牵动起两处的闲愁。这闲愁，无法消除。它刚刚从微蹙的眉间消失，又隐隐地缠绕着上了心头。

2.《漱玉词》是李清照的词集，又称《漱玉集》。

3. "芳草池塘，绿阴庭院，晚晴寒透窗纱。……"出自李清照的词作《转调满庭芳·芳草池塘》。全词及白话译文如下：

转调满庭芳·芳草池塘
李清照
芳草池塘，绿阴庭院，晚晴寒透窗纱。玉钩金锁，管是客来唦。寂寞尊前席上，惟愁海角天涯。能留否？酴醾落尽，犹赖有梨花。

当年曾胜赏，生香薰袖，活火分茶。尽如龙骄马，流水轻车。不怕风狂雨骤，恰才称，煮酒残花。如今也，不成怀抱，得似旧时那？

　　池塘边芳草萋萋，庭院里一片阴凉。傍晚雨后初晴，有丝丝寒意透过薄薄的窗纱。有人叩响门上的金锁，准是客人来了吧？可座上寂寞，杯中无酒，在这天涯海角，我能留住什么？荼蘼花已经落尽，幸好还有梨花。
　　当年的生活多么快意。曾一同游赏胜景，将淡淡的香熏染衣袖，在火上煮茶，然后带着闲情雅致为朋友们分茶。街上车如流水，马如游龙，一片繁华。也不怕狂风暴雨，一样才思涌动，依旧煮我的酒，看这满地的残花。如今，不敢再谈什么胸怀抱负。只是想，这一切，还能像从前那样吗？

为你
读诗

THE POEM FOR YOU

為你
读诗
THE POEM FOR YOU

第七章 写作：我写，故我在

我们今天来讨论李清照作为中国历史上最伟大的女作家、女词人的重要性，不能忘记一个事实：在中国古代文学史中，男性大文豪代有人出，但像李清照这样成为经典大家的女性只有一个。

在中国封建社会，不论哪个阶层，女性生来便戴着重重枷锁，精神上的禁锢尤甚。开明一点的家庭，允许女子舞文弄墨，但将自己的家庭琐事、感情生活诉之于笔端，甚至公之于众，则万万不可。

所以在《红楼梦》里，我们看到林黛玉的诗文写得再好，也只能在闺中传阅，不能流传于外，因为有辱名节。而薛宝钗也会苦口婆心地劝她："作诗写字等事，这不是你我分内之事。"

李清照则不同。她爱写作，她的家庭也给予她自由，于是愈发助长了她对写作的热情。宋人王灼在《碧鸡漫志》里，就说李清照"自少年便有诗名，才力华赡，逼近前辈，在士大夫中已不多得"。

李清照对写作的热爱，更像是一种本能。她喜欢一切和文字有关的事情，将其视作娱乐、休息。在《金石录后序》里，李清照讲述和丈夫赵明诚在一起的幸福时光时，说到一个细节：夫妻俩常玩一个游戏，说出某段文字出自哪部书哪一卷第几页第几行。赵明诚曾在国立最高学府"太学"读书，接受最高水平的文学教育和训练，是同学中的佼佼者，但也在和妻子李清照的学识较量中，败下阵来。

纵观整个中国古代文学史，不乏为诗歌创作而苦心孤诣的人，比如李贺[1]。他常骑着驴子，背着一个破锦囊，上路去寻找诗歌创作的灵感，身边仅有一个小书童跟随。一有灵感，李贺就奋笔疾书于纸上并放入锦囊。等到晚上回家，他一一检视囊中所得，研墨铺纸，去试图完成一首诗。母亲看见他锦囊里的诗句，感叹："这个孩子要把心都呕出来了。"贾岛[2]对诗歌的热爱也发自肺腑。

青釉刻牡丹纹围棋盒

《唐才子传》³里说,每到岁末,贾岛都会将一年的诗作收拾整齐,置放于几案上,"焚香再拜,酹酒祝曰:'此吾终年苦心也!'痛饮长谣而罢"。

李清照作为少有的女性作家,对诗歌的热爱一点不逊色于这些男性。

有时候,李清照走出门去,寻找写作的灵感。宋人周辉在他的笔记小说《清波杂志》⁴中就记载:在跟从丈夫赵明诚守建康城时,"易安每值大雪,即顶笠披蓑,循城远览以寻诗。得句,必邀其夫赓和,明诚每苦之也"。

有时候则是在家里,李清照等待灵感的降临。她写诗云:"诗情如夜鹊,三绕未能安。"⁵她坐在桌前,如一棵树,静静等待那些神秘莫测的、诗的灵感,如夜晚的乌鹊一样降临到她的头上。但那些乌鹊一遍又一遍地盘旋,还没有找到落定之所。而我们的诗人李清照已经坐立难安,辗转反侧,不能成寐。

那些"诗情",那些创作诗歌的灵感到底在哪里呢?李清照呼唤它们,也渴望它们应答。"如果我哭喊,天

使的队列里有谁能听见",李清照面临着和奥地利诗人里尔克在写作《杜伊诺哀歌》时相同的境遇。

现实太破败,唯有诗歌才能安顿李清照的内心,所以她不能停笔。到山东莱州和赵明诚团聚后,李清照精神上的缺失并没有得到弥补,于是她再一次把目光转向诗歌:

寒窗败几无书史,公路可怜合至此。
青州从事孔方兄,终日纷纷喜生事。
作诗谢绝聊闭门,燕寝凝香有佳思。
静中我乃得至交,乌有先生子虚子。[6]

相比嘈杂纷扰、纸醉金迷的外部环境,李清照更喜欢文学的世界。她把纷纷攘攘关于门外,在屋内享受着创作的乐趣,也从书籍中寻觅挚友。那些文学作品里虚构的人物,一个是乌有先生,一个是子虚先生,他们为她排遣掉许多生活的烦恼。李清照和文学可谓"双向奔赴",身为少女时,她写诗;嫁作人妇后,她也写诗;国破家亡之际,她更紧握手中的笔。从文字中找寻慰藉,也用文字抒发心绪。诗歌，即是李清照蹒跚前行的拐杖，也是她困顿生活的解药。

对于后世读者而言，李清照的重要，恰在于她用独一无二的文字写下了自己的经历和感受，而她的经历和感受，又反映了一个时代的风云。这迥异于其他同时代的女性文学，甚至在男性占主导地位的文学史中，也有着独特的意义。

尤其在南渡之后，李清照写作的笔触更广阔了。她不仅书写自己的生活，也对时局表达出自己的思考和见解。1133年夏天，她听说南宋同签书枢密院事韩肖胄要出使金国，便以民间妇女的身份，对肩负重任的韩肖胄进言，作《上枢密韩肖胄诗二首》，叮嘱他要提高警惕，小心行事，防患于未然：

但说帝心怜赤子，须知天意念苍生。
圣君大信明如日，长乱何须在屡盟。

即使在写作一组关于"打马"的博弈游戏的文章时，

推枣磨

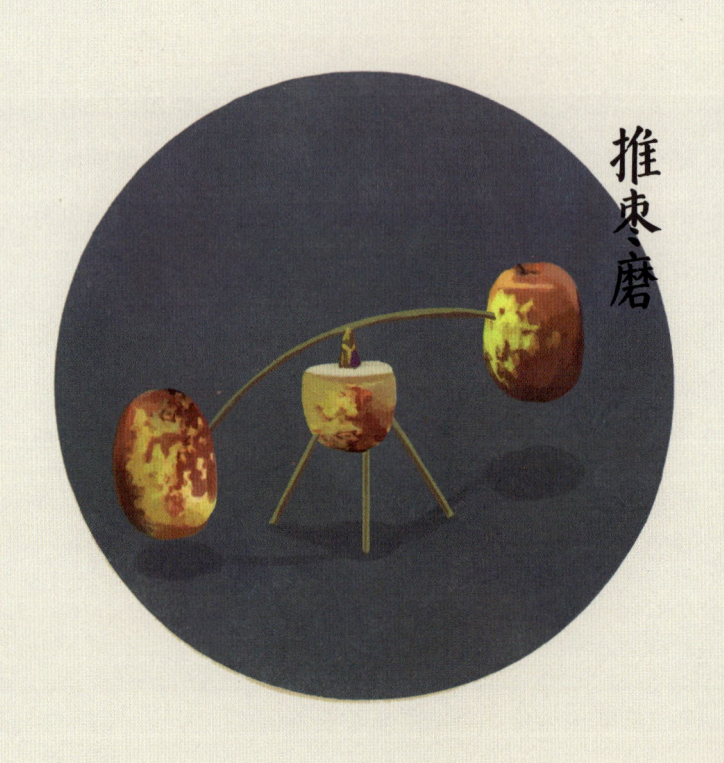

李清照也没有局限在对游戏的介绍中，而是经常跳出来，去讲述那个时代：

> 夫博者，无他，争先术耳，故专者能之。予性喜博，凡所谓博者皆耽之，昼夜每忘寝食。且平生随多寡未尝不进者何？精而已。自南渡来，流离迁徙，尽散博具，故罕为之。然实未尝忘于胸中也。
>
> 今年冬十月朔，闻淮上警报。江浙之人，自东走西，自南走北，居山林者谋入城市，居城市者谋入山林，旁午络绎，莫不失所。易安居士亦自临安溯流，涉严滩之险，抵金华，卜居陈氏第。乍释舟楫而见轩窗，意颇适然。更长烛明，奈此良夜乎。于是乎博奕之事讲矣。

作为一个妇人，李清照没有办法骑马杀敌，征战沙场。但她非常精通"打马"的游戏，而且经常能够取胜。小小的游戏却像极了战场，一方节节胜利，另一方节节败退，影射着现实。李清照是游戏中的常胜冠军，也是乱世里的北宋遗民。胜利的和失败的，是同一个她。由此可见，

《打马图经序》不仅是一个讲述博弈游戏的说明文,它有着更深的主题和含义。

李清照留存下来的文字不多,但仅仅这些,便足以光照文坛,千古不朽。

然而,李清照也对写作产生过怀疑。晚年时,她孤苦一人,看中一个十余岁的小女孩,觉得她聪明伶俐,天分极佳,便想将自己的才识倾囊相授。不料这个小女孩却婉拒了李清照的美意,还直言:"才藻非女子事也。"

这对李清照来说无疑是一个重大的打击。她一生苦苦寻觅和奋斗的东西,在更多女子看来,竟然毫无意义,也毫无必要。

那么,什么才是女子该做的事情呢?

对于女子的教育,《礼记》早有规定。《礼记·内则》云:"女子十年不出,姆教婉,娩听从,执麻枲,治丝茧,织纴组紃。学女事以共衣服,观于祭祝,纳酒浆笾豆菹醢,礼相奠。"这便是女子要学的东西:学习顺从长辈,学习桑麻的种植和纺织,学习养蚕,学习女红和缝纫,学习祭祀的礼数……

倒也并不是说女子不需要接受教育。东汉班昭的《女诫》[7]一直被当作培养女性的教科书，居于古代"女四书"[8]之首。在书里，班昭提道："察今之君子，徒知妻妇之不可不御，威仪之不可不整，故训其男，检以书传。殊不知夫主之不可不事，礼义之不可不存也。但教男而不教女，不亦蔽于彼此之数乎？"班昭提倡女学，主张从小就应当对女孩进行教育，这是她思想进步的一面。

只是她所提倡的女性教育仍然没有跳出历史的局限，《女诫》的重点还是加强女子的品行教育，所谓"女有四行，一曰妇德，二曰妇言，三曰妇容，四曰妇功"。班昭详细解释道："夫云妇德，不必才明绝异也；妇言，不必辩口利辞也；妇容，不必颜色美丽也；妇功，不必工巧过人也。"这实际上限制了女性的才情天赋和个性发展。

到了宋朝，随着知识文化的普及，女子受其影响，见识越来越广，认识更趋深刻。特别是士大夫家庭的知识女性逐渐增多，涌现了不少才华横溢的佼佼者。但对女性吟诗作对，宋朝的士大夫阶层始终保持着警惕。即

錾花鎏金银摩竭

使如司马光这般见解非凡的大学者，在《家范》⁹中鼓励女子接受教育，"女子在家，不可以不读《孝经》《论语》，及《诗》《礼》，略通大义"，也明确反对女子吟诗作赋，"至于刺绣华巧，管弦歌诗，皆非女子所宜习也"。

"才藻非女子事也。"做才女是可以的，也值得肯定，但诗词就免了吧！封建社会始终不肯给予女性完整的自由，更不允许她们去搞女性创作，以有失妇人本分的名义消磨了多少女性的才情和秉性！

李清照身在樊笼中，处处遭规约，但直至生命最后也没有放弃写作诗词。她准确地评价了自己的文学创作，并且告诉天帝，她无悔于当初的选择：

天接云涛连晓雾，星河欲转千帆舞。仿佛梦魂归帝所，闻天语，殷勤问我归何处。

我报路长嗟日暮，学诗谩有惊人句。九万里风鹏正举，风休住，蓬舟吹取三山去。

波涛汹涌，云雾弥漫，似梦似幻之间，自问写诗有

何用处？但无论如何，让这股命运的风继续吹吧，用一叶轻舟，载着我去往蓬莱仙岛。

星河欲转，千帆竞舞，李清照的归宿在哪里？那是梵高画笔之下灿烂的星空，那是一个诗人在文学创作中所能体会到的、最热烈的晕眩。

为你读诗

THE POEM FOR YOU

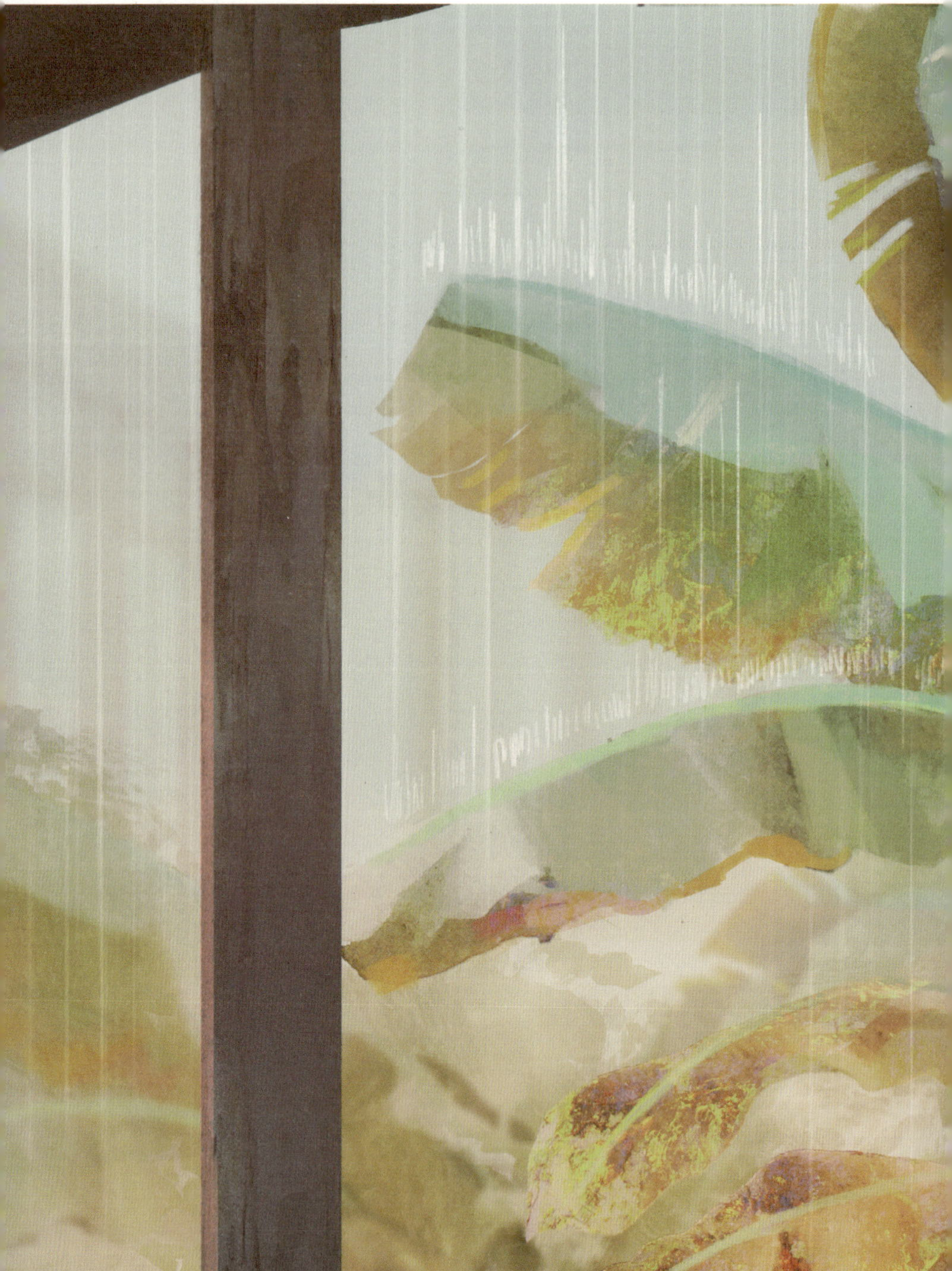

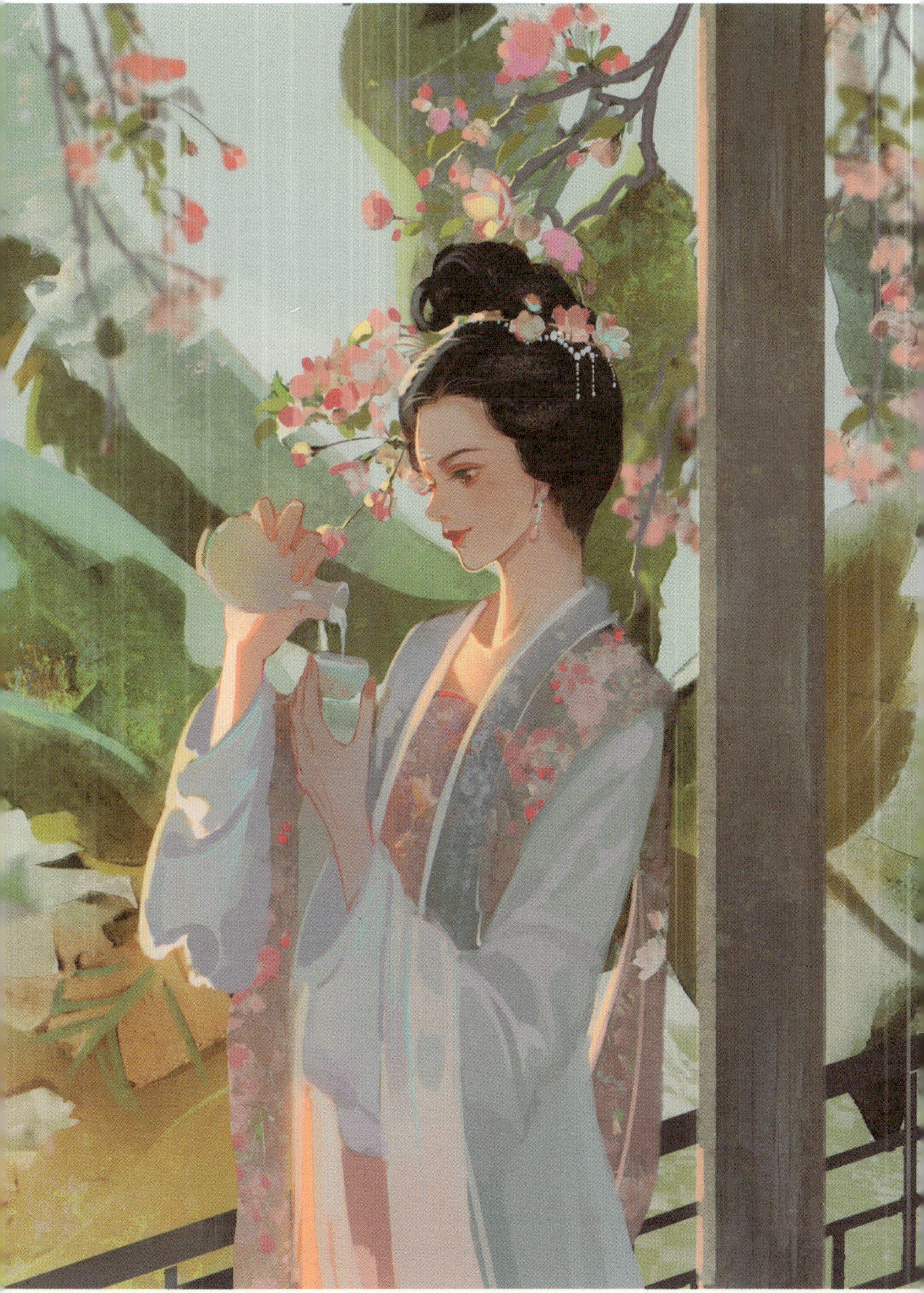

漱玉阁

1. 李贺（790—816），字长吉，福昌昌谷（今河南洛阳宜阳）人，后世称他为"李昌谷"。他仕途不顺，开创"长吉体"，因其诗作想象丰富，风格冷艳感伤，被称为"诗鬼"。与李白、李商隐并称为"唐代三李"，二十七岁英年早逝。

2. 贾岛（779—843），唐朝幽州范阳（今河北涿州）人，自号"碣石山人"，人称"诗奴"。贾岛一生穷愁，苦吟作诗，其诗多写荒凉枯寂之境，长于五律，重词句锤炼。与孟郊并称"郊寒岛瘦"，喻其诗之风格。

3.《唐才子传》是一部记述唐与五代诗人事迹的传记，元代辛文房编撰，共十卷。书中包括诗人简要评传二百七十八篇，又附一百二十人小传，具有重要的史料价值。

4.《清波杂志》，南宋周辉编撰，共十二卷。内容涵盖宋代名人逸事、典章制度、风俗物产、诗文等多方面。该志在宋人笔记中较为著名，为后人研究宋代社会制度以及保留宋代已佚诗文方面提供了重要的参考资料。

5."诗情如夜鹊，三绕未能安。"是李清照创作的逸句，语出《漱玉词》。大意是诗人作诗的情思，有如夜鹊绕树反复盘旋，却还没找到栖身之处。

6."寒窗败几无书史，公路可怜合至此。……"出自李清照的诗歌《感怀》。这首诗是宣和三年（1121），李清照赴莱州探望丈夫赵明诚时创作的，当时赵明诚刚出任莱州太守不久。全诗及白话译文如下：

感怀

李清照

宣和辛丑八月十日到莱,独坐一室,平生所见,皆不在目前。几上有礼韵,因信手开之,约以所开为韵作诗,偶得"子"字,因以为韵,作感怀诗云。

寒窗败几无书史,公路可怜合至此。
青州从事孔方兄,终日纷纷喜生事。
作诗谢绝聊闭门,燕寝凝香有佳思。
静中我乃得至交,乌有先生子虚子。

宋徽宗宣和三年八月十日,我到莱州探望丈夫,独自坐在一个屋子里。从前喜欢的书籍史典,都不在眼前。书案上有本《礼韵》,因此信手翻开,想以所翻开页上的字为韵来写诗。偶然翻到"子"字,于是以"子"字为韵,写了一首感怀诗。

破败的窗台和书案上几乎没有一本诗书和史集,我好比是三国时的袁术江亭绝粮一样绝望。

每天应酬，奔波于酒宴，醉心于钱财账目，整日闹哄哄的，真没有意思。

宁愿闭门谢客，在官署里燃香，凝神静思，等待佳思从天而降。

在静室中，我得到两个至交好友：一个是乌有先生，一个是子虚先生。

7.《女诫》是东汉班昭撰写的一篇教导自己女儿的家训。班昭是东汉史学家、文学家，史学家班彪之女，班固之妹。班昭的作品《东征赋》和《女诫》等对后世有很大影响。班昭以女性的身份，首倡基于儒家立场的女教思想，开启了后世女性创作同类作品的风气。

8."女四书"是中国封建社会对妇女进行教育所用的四本书汇集的总称，包括《女诫》《内训》《女论语》《女范捷录》。这些由女性撰写的著作成为传统社会女子教育的教材读物，对传统女性价值观念的塑造以及整个中国社会都产生了深远的影响。

9.《家范》是北宋司马光杂采经史、搜集古圣贤居家之嘉言懿行编成。它对家庭中不同身份、不同成员的行为具有示范作用，也反映了司马光的齐家理念，为历代推崇为家教的范本。

为你
读诗

THE POEM FOR YOU

为你读诗

THE POEM FOR YOU

第八章 沉默：多少事，欲说还休

李清照有好几首讲述离别的词。比如：

红藕香残玉簟秋，轻解罗裳，独上兰舟。云中谁寄锦书来，雁字回时，月满西楼。

花自飘零水自流，一种相思，两处闲愁。此情无计可消除，才下眉头，却上心头。

再比如：

草际鸣蛩，惊落梧桐。正人间天上愁浓。云阶月地，关锁千重。纵浮槎来，浮槎去，不相逢。

星桥鹊驾，经年才见，想离情别恨难穷。牵牛织女，莫是离中。甚霎儿晴，霎儿雨，霎儿风。[1]

自古以来，离别常见，不仅在李清照的诗词中，更在很多文人的作品里。封建时代，士族家庭夫妇聚少离多本是常态。丈夫要去求学、做官，妻子很多时候没办法随行，只能留下照顾家庭，奉养双亲。

但李清照真的和丈夫赵明诚聚少离多吗？按照现有的资料，他们新婚的一两年里，都是在一起的。这期间，赵明诚在太学当学生，每半月告假回家一次。每次回家，都不忘给妻子带回一些她喜欢吃的干果美味，两人边吃边品鉴从大相国寺文物市场买回的文物，其乐融融。在青州，他们也至少有十年的甜蜜时光。李清照和赵明诚一起出游玩耍，平时常手牵手作诗联句。后来在南京，他们也夫唱妇随，一起吟诗作对，充满了对彼此的温存和爱意。

和赵明诚真正重要的离别，在李清照的生命中有两次：第一次，是李清照结婚第二年，朝廷清算元祐党人，受父亲是元祐党人的影响，李清照被迫离开赵家，跟随父亲回到济南。和丈夫分离三年后，天下大赦，解除一切党人之禁，李清照得以返回开封与赵明诚团聚。第二次，是赵明诚受到打压后复出，到莱州做太守。几个月后，

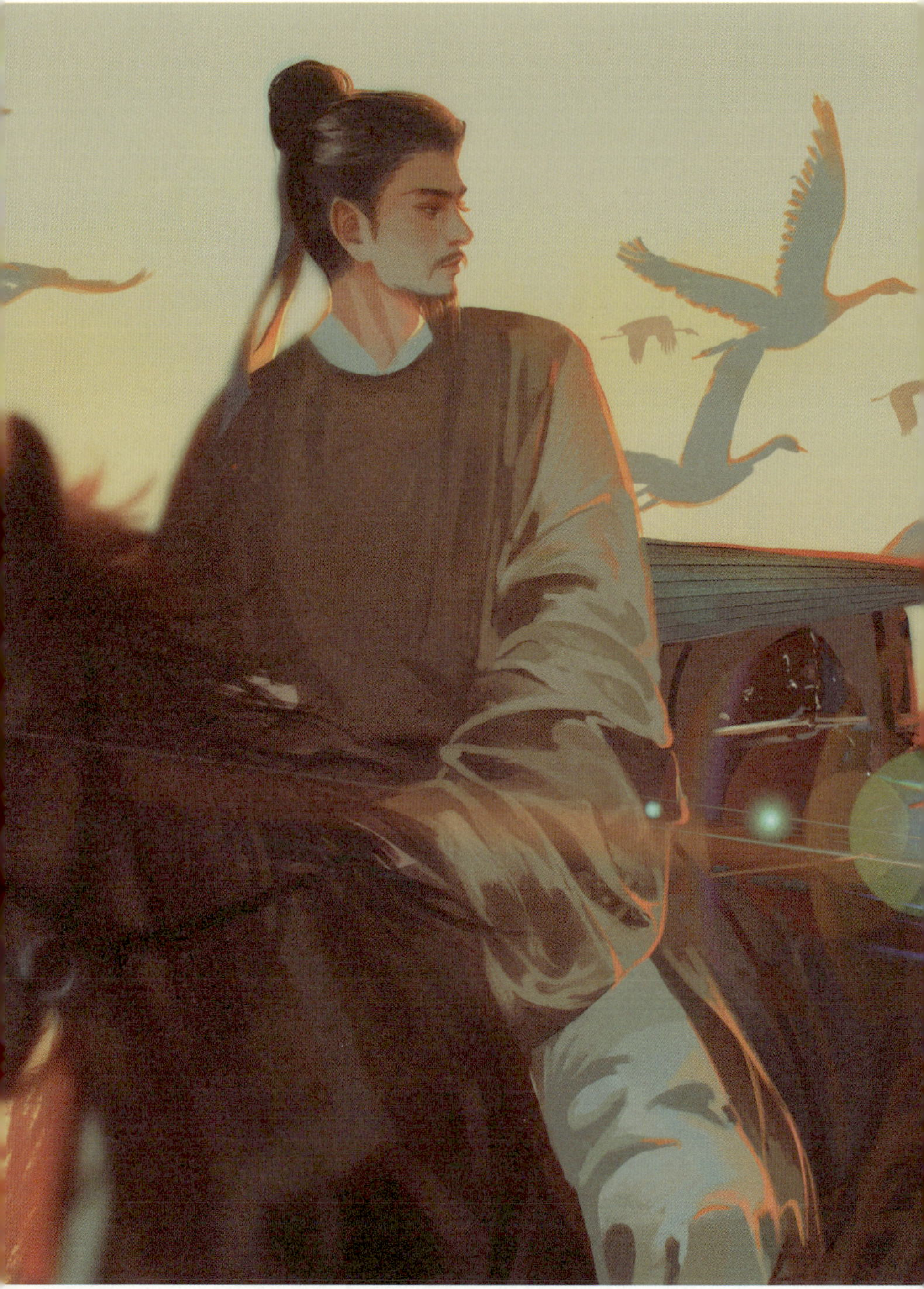

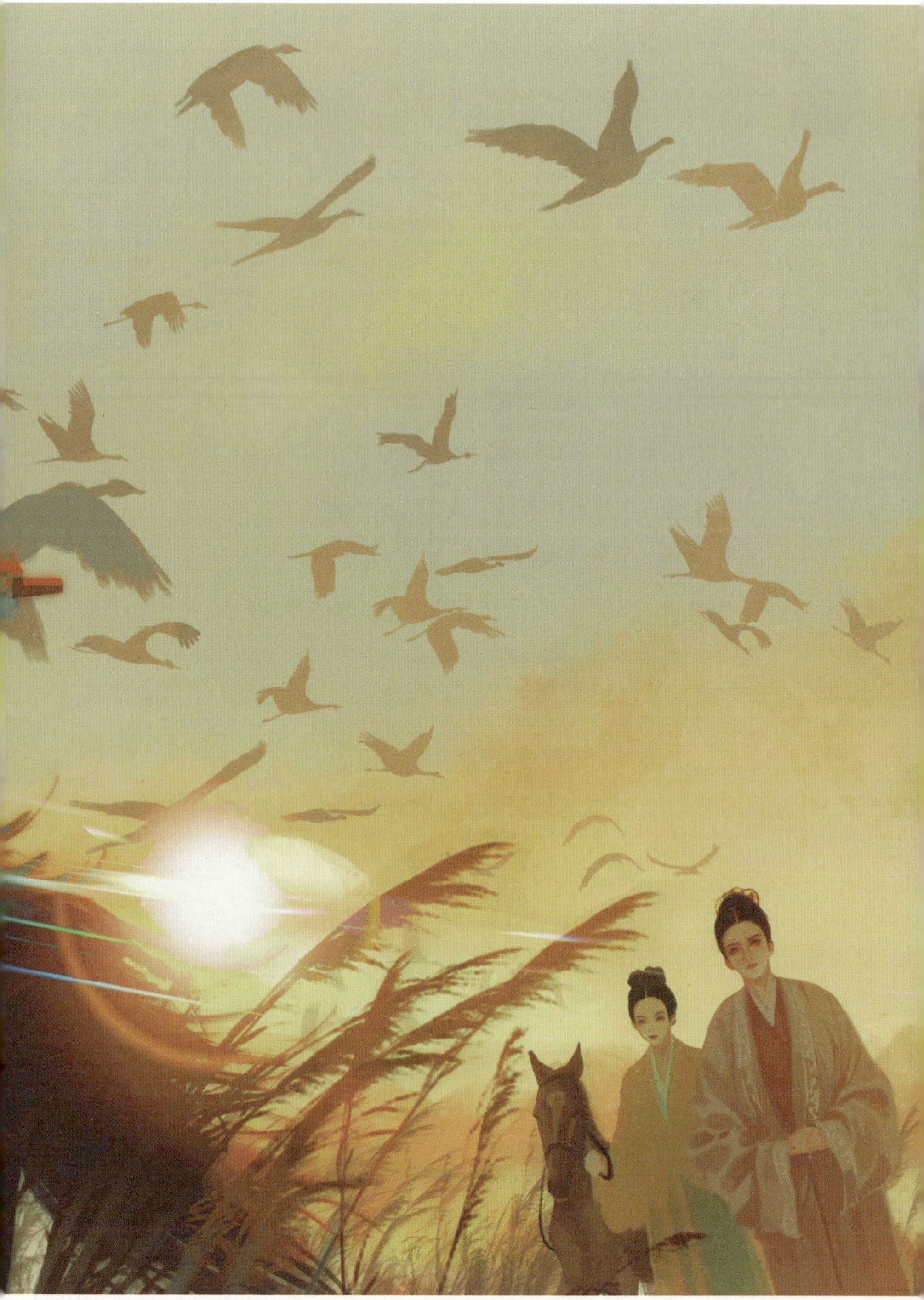

李清照也赶赴莱州,与丈夫团聚。

李清照的《凤凰台上忆吹箫·香冷金猊》就写于第二次离别:

香冷金猊,被翻红浪,起来慵自梳头。任宝奁尘满,日上帘钩。生怕离怀别苦,多少事、欲说还休。新来瘦,非干病酒,不是悲秋。

休休,这回去也,千万遍阳关,也则难留。念武陵人远,烟锁秦楼。惟有楼前流水,应念我、终日凝眸。凝眸处,从今又添,一段新愁。

为什么几个月的离别,就让李清照如此难受?如果说,这词中的女子就是李清照本人,恐怕很多人难以想象这写作于她和丈夫一次短暂的分离期间。

炉香熄灭,她不管。太阳老高,她才起床。被子不叠,头发懒得梳,对自己的形象不管不顾。她很消瘦,什么也不想干。她自己说,这并不是因为饮酒过多,也不是因为悲秋。

在词的下阕，我们才发现，这一切都是因为离别，因为想念。她唱上一万遍《阳关曲》[2]，也无法将丈夫挽留。他铁了心，他已经远去，因此被弃之人房间里的妆奁久已蒙尘。

有评论者说，赵明诚撇下李清照孤身而去，造成他们婚姻的一次危机。这可能是因为赵明诚另有新欢了，也可能是他对李清照没有生育的指责。

也许不是这样。李清照和赵明诚后来的感情依然很好。李清照的爱和寂寞，不是以物理的时间来计算的。就像一个人对爱情特别投入，她永远会觉得任何短暂的分离都好像度日如年，令人无法接受。

和最心爱的人分别，你会说什么？你的痛苦、担心、忐忑……种种思绪，都渴望化成语言，但又无法用言语来形容。这就是语言的局限和无力。也许你自己都没有办法理解，当初你为何什么都没说。

"生怕离怀别苦，多少事、欲说还休。"

情到深处，唯有沉默。诉说一种离别，他会理解吗？

问题能得到解决吗?感情能得到释放吗?李清照对此充满犹豫。

而一个更严重的情况是:与同时代其他的知名作家相比,李清照留下的作品太少了,词只有四五十首,诗歌近二十首,还有少量断句,文章六七篇。她现存的作品是这么少,以至于任何想对她做更深入研究、了解她更多内心世界的人都在这材料的匮乏面前,感到力不从心。

这和李清照响亮的名声是极不相符的。李清照年轻时即展露才华、受人称许,她的词集在她生前就以刻本形式在坊间流传,她的文集则吸引了显要文人的关注和赞誉。而以李清照这么旺盛的创作欲,以及对写作的热情、对交流的渴望,不应该只有这一点作品存世。那么,是什么使得她的词集和文集在不断流转中失传了呢?这也许和她女性的文人身份有关。就像曾经的蔡琰,学养深厚,遭际坎坷,却只有《悲愤诗》二首和《胡笳十八拍》存世。

而这,也构成了一种沉默。这沉默和李清照无关,却是以男性为中心的传统社会对女性带着种种成见的现

白釉珍珠地划花鹦鹉纹枕

实。由于对女性的禁言，对这个群体有意无意的忽视，导致我们对她们知之甚少。

李清照曾写过一首诗《晓梦》[3]：

晓梦随疏钟，飘然蹑云霞。因缘安期生，邂逅萼绿华。
秋风正无赖，吹尽玉井花。共看藕如船，同食枣如瓜。
翩翩座上客，意妙语亦佳。嘲辞斗诡辩，活火分新茶。
虽非助帝功，其乐莫可涯。人生能如此，何必归故家。
起来敛衣坐，掩耳厌喧哗。心知不可见，念念犹咨嗟。

这是一首包装得很好的"游仙诗"。在诗的开头，我们碰到其他诗人一般在"游仙诗"都会提到的两个老熟人：仙人安期生和得道的女仙萼绿华。李清照梦见了这些仙人，彼此欢聚一堂，还一起看那船一样大的莲藕，品尝它那瓜一样大的枣子。但看到后面才发现，李清照热爱仙界，不仅是因为这里景物非凡、长生不老，更是因为这里能带给她无穷的快乐，这里的仙人个个风度翩

官窰十棱葵瓣洗

翩,气宇不凡,谈吐高雅,妙语如珠,有着和李清照共同的乐趣和追求,"翩翩座上客,意妙语亦佳。嘲辞斗诡辩,活火分新茶"。

李清照心灵的真知灼见谁能看见呢?她是那么孤单,渴望去仙界寻找伴侣,"人生能如此,何必归故家"。但是梦醒来,还在俗世当中。李清照身负的累赘和枷锁,何尝不是压在每一位中国女性身上的。

李清照的故事是难以讲述的,因为她还有藏在阴影中的那一面。

而资料的匮乏更使得我们和李清照之间被一堵厚厚的墙壁阻碍着。

"心知不可见,念念犹咨嗟。"

李清照无疑渴望交流,而历代以来,热爱她作品的人更有增无减。

李清照的故事是写不完的,正如女性的故事是写不完的，因为她们还有藏于内心未说出的部分。

虽然李清照一直没停止过写作，但在面对巨大的外来压力时，她也经常沉默，感到语言的苍白和无力。

她的沉默，却也造成了许多谜团，让后世的我们不断猜测。

落日熔金，暮云合璧，人在何处？染柳烟浓，吹梅笛怨，春意知几许？元宵佳节，融和天气，次第岂无风雨？来相召、香车宝马，谢他酒朋诗侣。

中州胜日，闺门多暇，记得偏重三五。铺翠冠儿，捻金雪柳，簇带争济楚。如今憔悴，风鬟霜鬓，怕见夜间出去。不如向、帘儿底下，听人笑语。

与爱人的离别让李清照沉默，家国的不幸也剥夺了她诉说的意愿。何况说出来又能如何呢？她的种种孤寂落寞、愤懑愁苦，世人会理解吗？

别人在说，在笑，而沉默像一块石头压在李清照的胸口。在人生这永远的流放地，她到底想说什么，想表

达什么?我们只能再一次去阅读她留下的文字,试图靠近她、倾听她、理解她,读懂她的诉说,以及她的沉默。

读诗为你
THE POEM FOR YOU

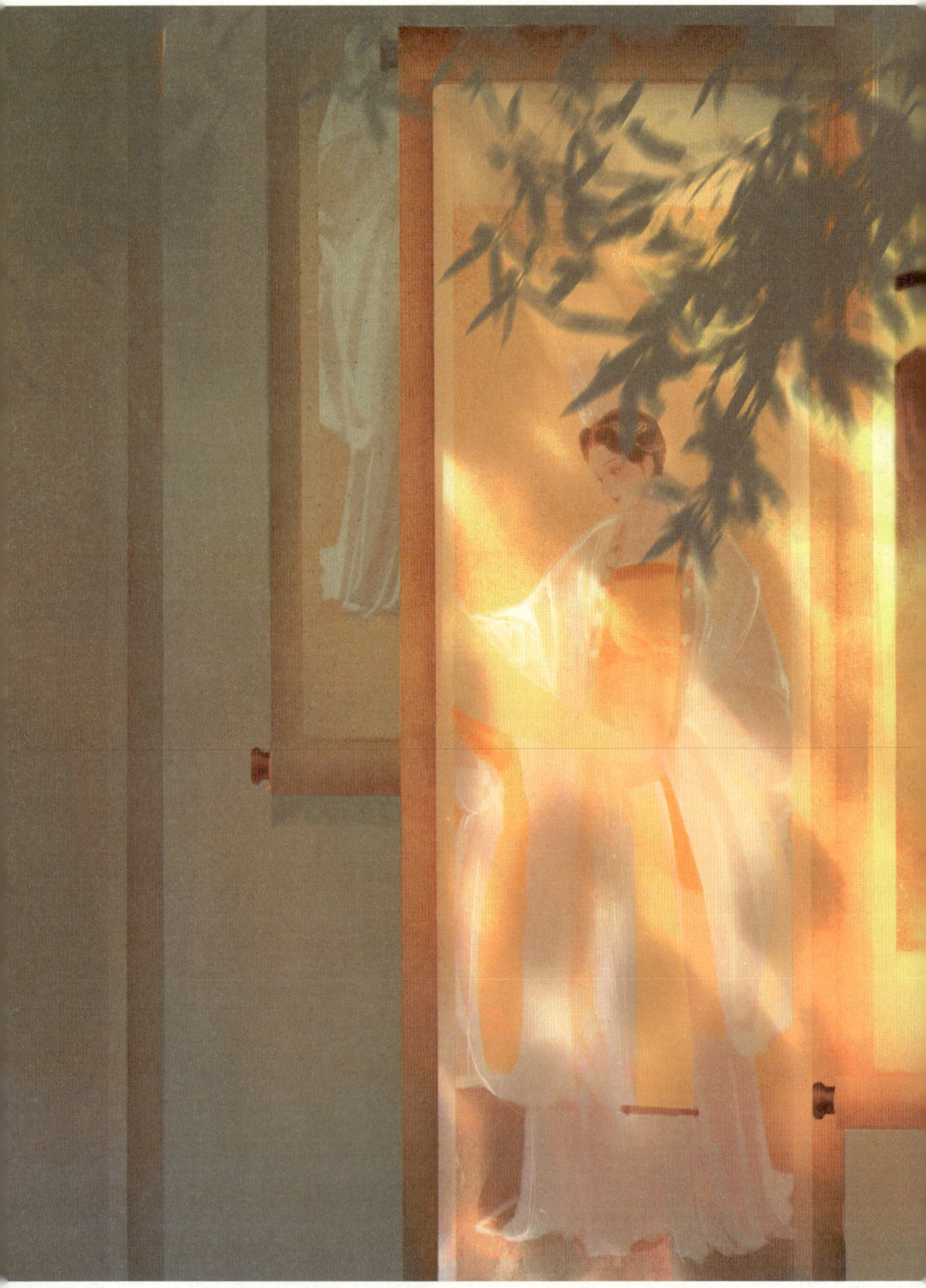

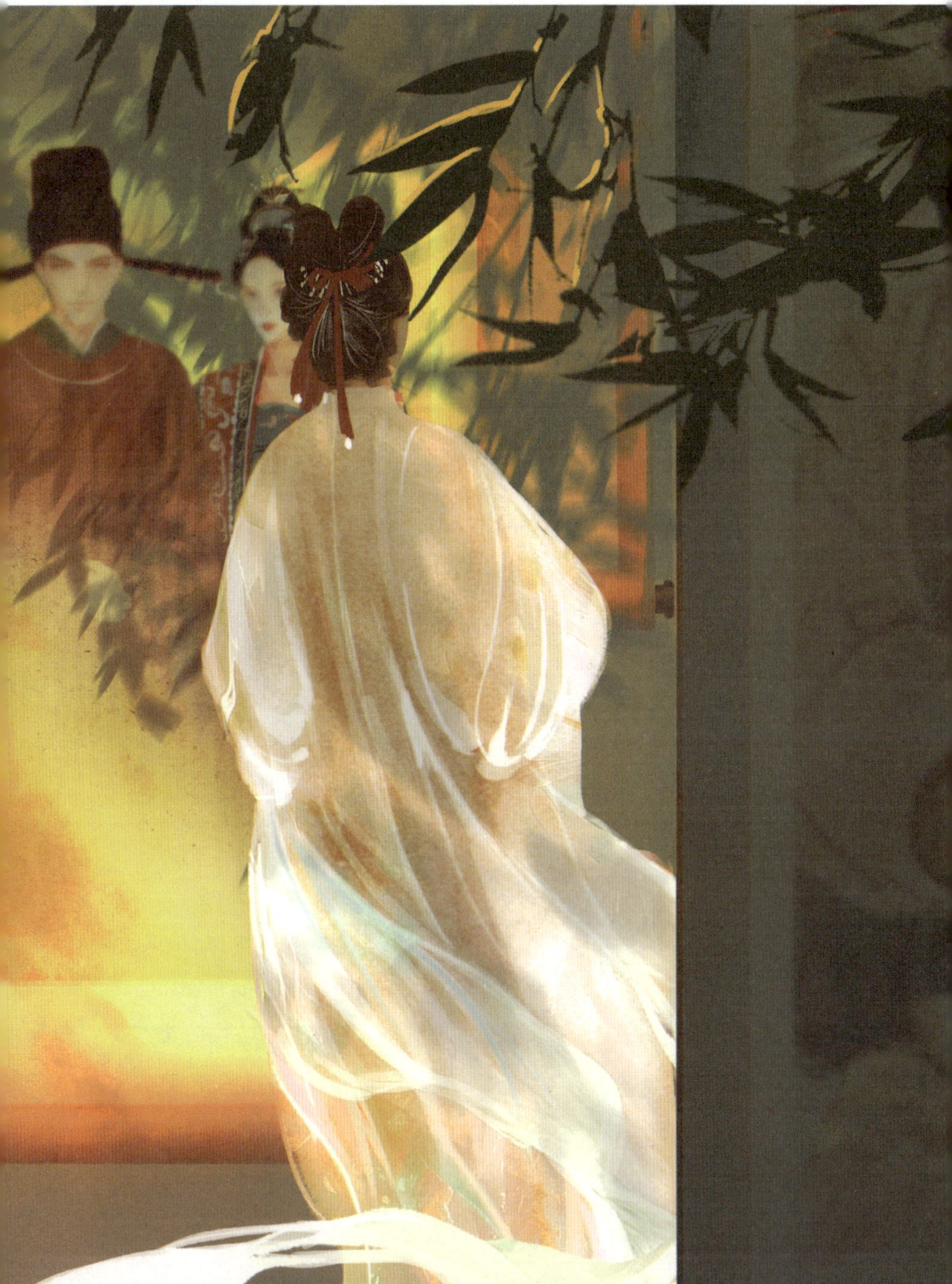

漱玉阁

1. "草际鸣蛩，惊落梧桐。……"出自李清照的词作《行香子·七夕》。全词及白话译文如下：

行香子·七夕
李清照

草际鸣蛩，惊落梧桐。正人间天上愁浓。云阶月地，关锁千重。纵浮槎来，浮槎去，不相逢。

星桥鹊驾，经年才见，想离情别恨难穷。牵牛织女，莫是离中。甚霎儿晴，霎儿雨，霎儿风。

草间蟋蟀的叫声，惊得梧桐的树叶纷纷飘落。天河两岸，人间天上，都同样愁苦不堪。月宫里，牛郎和织女被千重关锁阻隔，无由相会。纵使往来于海上和天河之间的木筏每年八月从不失期，也终不得相逢聚首。

每到七夕，牛郎织女相会，喜鹊为之搭桥，一年才能相见。这样的离情别恨，年年月月，无穷无尽。此时，牛郎织女或许还是在离别之中，未能相聚。看时下，这天气，一会儿晴，一会儿雨，一会儿风。

2.《阳关曲》，唐代歌曲，歌词为王维的诗《送元二使安西》，因"西出阳关无故人"句而得名，也被称为《渭城曲》或《阳关三叠》。王维写出这首诗后，它被谱成乐曲传唱开来，一举成为中国音乐史上最流行、传唱最久的古曲之一。

明代文学家李东阳在《怀麓堂诗话》里说："王摩诘'阳关无故人'之句，盛唐以前所未道，此辞一出，一时传诵不足，至为三叠歌之。后之咏别者，千言万语，殆不能出其意之外。"

3.《晓梦》带有作者李清照绮丽的神仙想象，全诗及白话译文如下：

晓梦

李清照

晓梦随疏钟,飘然蹑云霞。因缘安期生,邂逅萼绿华。
秋风正无赖,吹尽玉井花。共看藕如船,同食枣如瓜。
翩翩座上客,意妙语亦佳。嘲辞斗诡辩,活火分新茶。
虽非助帝功,其乐莫可涯。人生能如此,何必归故家。
起来敛衣坐,掩耳厌喧哗。心知不可见,念念犹咨嗟。

随着清幽的晨钟进入梦乡,飘飘然踩着云霞跻身仙界。因缘际会,遇见了仙人安期生,又邂逅了得道的女仙萼绿华。

秋风像无赖一样无理,吹落了太华峰头神奇的莲花。和仙人们一起,看如船一般大的莲藕,尝如瓜一样大的枣子。

风度翩翩的座上客,个个都才华横溢,妙语连珠,谈吐高雅。戏谑逗趣,巧手分茶。

虽然并非帮助天帝立下功劳,但其中的乐趣真是无穷。人生如果能够如此,又何必回家?

醒来后,整衣而坐,捂住耳朵,真厌倦外面的喧哗。明明知道只是大梦一场,不可亲见,可还是念念不忘。

为你
读诗

THE POEM FOR YOU

©中南博集天卷文化传媒有限公司。本书版权受法律保护。未经权利人许可，任何人不得以任何方式使用本书包括正文、插图、封面、版式等任何部分内容，违者将受到法律制裁。

图书在版编目（CIP）数据

知否知否应是人间清照 / 为你读诗主编；湘人彭二著；符殊绘；邱邱朗诵. -- 长沙：湖南文艺出版社，2025.2. -- ISBN 978-7-5726-2183-3

Ⅰ.I267

中国国家版本馆CIP数据核字第2024AL1620号

上架建议：畅销·文学

ZHI FOU ZHI FOU YINGSHI RENJIAN QINGZHAO
知否知否应是人间清照

主　　编：	为你读诗
著　　者：	湘人彭二
绘　　者：	符　殊
朗 诵 者：	邱　邱
出 版 人：	陈新文
责任编辑：	吕苗莉
监　　制：	邢越超
出 品 人：	潘杰客　张　炫
组　　稿：	刘　路
特约策划：	张　攀　娄　澜
特约编辑：	王玉晴
营销编辑：	文刀刀
封面设计：	末末美书
版式设计：	李　洁
出　　版：	湖南文艺出版社
	（长沙市雨花区东二环一段508号 邮编：410014）
网　　址：	www.hnwy.net
印　　刷：	天津联城印刷有限公司
经　　销：	新华书店
开　　本：	875 mm×1230 mm　1/32
字　　数：	115千字
印　　张：	7.75
版　　次：	2025年2月第1版
印　　次：	2025年2月第1次印刷
书　　号：	ISBN 978-7-5726-2183-3
定　　价：	59.80元

若有质量问题，请致电质量监督电话：010-59096394
团购电话：010-59320018